Dépôt légal : octobre 2021
Première édition : octobre 2021

Édition : BoD – Books on Demand,
12/14 rond-point des Champs-Élysées,
75008 Paris
Impression : BoD - Books on Demand,
Norderstedt, Allemagne

ISBN : 9782322397938

***

Couverture : Ouroboros Design (Sheila17 – 99 Design)
Correction : Florence Clerfeuille

Ce livre est une fiction. Toute référence à des événements historiques, des comportements de personnes ou des lieux réels serait utilisée de façon fictive. Les autres noms, personnages ou lieux et événements sont issus de l'imagination de l'autrice. Toute ressemblance avec des personnages vivants ou ayant existé serait totalement fortuite.

Les erreurs qui peuvent subsister sont le fait de l'autrice.

Aux origines de *Sangs éternels*

Léo

Florence Barnaud

FSC
www.fsc.org
MIXTE
Papier issu
de sources
responsables
Paper from
responsible sources
FSC® C105338

« Dans les ténèbres, à chacun son destin. »
La Montagne de l'âme

Gao Xingjian

1– Instant frivole

Dans le Bordelais, 1792...

Encore une soirée à me vautrer dans la luxure. Mon cocher m'emmenait vers ces demoiselles du plaisir qui me feraient à nouveau passer une charmante soirée de débauche.

Je soupirai d'agacement : cette nuit, je ne pouvais pas rester dormir avec elles. Alida et Célanie allaient tenter de me faire changer d'avis par l'usage de mille tourments charnels. J'en salivais d'avance. Une tension se forma dans ma culotte bouffante. J'appuyai dessus pour tenter de la diminuer... En vain. J'aimais passer mes soirées là-bas et j'en profitais plus qu'à mon tour. Mon père souhaitait déjà me marier, au nom de la famille, au nom du château, pour préserver nos biens. Ma promise, Solange, devait renflouer nos caisses durement amaigries par la Révolution. En échange, mon nom lui apportait un domaine et le prestige de la noblesse.

Je pinçai la bouche en songeant à Solange, ses grands pieds qu'elle tentait de cacher, son nez trop long et son buste plat. Dire qu'il allait falloir

l'engrosser pour assurer ma descendance ! J'étais
le mâle, l'aîné et malheureusement je ne pouvais
échapper à mon sort. Rien que de penser à ma
future épouse, ma tension avait totalement disparu. Ma tâche pour assurer ma lignée me semblait
malaisée. Chaque chose en son temps. En souff-
lant les bougies et en pensant à Alida et Célanie,
j'y arriverais assurément.

Je me tournai à nouveau vers la fenêtre de ma
calèche, observant l'obscurité de la nuit et les
premières maisons, signe que j'arrivais prochainement à destination. Je retrouvai immédiatement le sourire. Ce soir, comme toutes les autres
fois, je comptais bien en profiter avec deux graci-
les jeunes femmes, parfaitement faites. La joie
revint immédiatement dans mon entrejambes,
accompagnée d'un large sourire qui étirait mes
lèvres : j'en salivais déjà.

— Nous sommes arrivés, Monsieur le Comte !

Mon cocher venait à peine d'arrêter ma
calèche. Il avait déjà sauté à bas pour m'ouvrir la
porte. Il tentait de réprimer un sourire, le coquin.
Je lui fis un clin d'œil, ne pouvant contenir mon
air canaille.

— Excellente soirée, Monsieur le Comte !

— J'y compte bien !

J'avançai à grands pas. Mes pieds avaient à
peine foulé le parvis que la porte s'ouvrit. La
pourvoyeuse m'accueillit d'une révérence qui ne
cachait rien de son balcon. Elle se pencha tellement qu'un de ses seins s'échappa de son corset
trop serré et trop bas.

— Monsieur le Comte est le bienvenu ! chanta-t-elle.

— Merci, Rozella.

Je rougis à contempler ce sein totalement dénudé. Il ne fallait pas s'y fier. Cette femme tenait cette maison d'une main de maître et les filles n'avaient qu'à bien se tenir. Je la savais dure en éducation. Cependant, la clientèle était noble, critère indispensable pour s'offrir l'ouverture des portes, d'autant plus quand on avait un appétit dévorant comme le mien. Le plaisir n'avait pas de prix. Au moins, la dot de Solange me permettrait de poursuivre quelques soirées coquines de temps en temps. Je saurais me montrer discret.

— Alida et Célanie sont tout à vous, Monsieur le Comte !

J'y comptais bien. Je crois bien que leur passion était aussi ardente que la mienne. Nous étions quelques nobles à avoir nos préférées. De jolies jeunes campagnardes qui fuyaient leur destin. C'était un moyen de s'offrir un luxe auquel elles n'auraient jamais eu accès autrement.

Mes jeunes gourgandines étaient là, à patienter. Chez l'une, sa moue boudeuse, formant un cœur parfait, m'indiquait que je n'étais pas arrivé assez vite. Ses lèvres gourmandes n'étaient là que pour me torturer. Elle savait y faire, la garce. L'autre, un large sourire, sur une dentition parfaite, ses lèvres ourlées d'une mouche, s'avançait déjà vers moi.

— Venez, Monsieur le Comte, nous vous attendions !

Impatientes, elles me prirent chacune un bras pour m'entraîner vers la table où un apéritif me serait offert. Nous n'avions pas le droit de monter immédiatement. Je rabrouai mon entrejambes malmené par tant d'effusion. Mes compagnes avançaient leurs longues jambes, dévoilant à chaque pas leur jarretelle s'arrêtant au-dessus du genou. Langoureuses, leurs cuisses nues laissaient deviner le bas de leur culotte fendue, cachant à peine leurs chairs tendres. L'excitation monta encore d'un cran, accroissant la torture de mes sens, espérant rapidement une délivrance. Fier de mes exploits, j'étais un jeune plein de fougue et aucune des deux ne serait déçue. Mais voilà, je savais me tenir. Je soupirai d'aise, accueillant la patience comme un entraînement.

Une fois servis, nous nous installâmes tous les trois dans un divan confortable. Alida frôlait déjà langoureusement ma jambe avec la sienne, sa main au creux de mon aine caressait nonchalamment mes bourses bien remplies pendant qu'elle me racontait les cancans de la région. Je n'entendais rien, obnubilé par ses délicieuses lèvres charnues. Célanie, ne voulant pas être en reste, attirait mon attention en portant le verre de cristal à mes lèvres. Une boisson liquoreuse envahit ma bouche, réchauffant un peu plus mes veines. Je me penchai sur elle en rigolant afin de lui faire goûter ce délicieux nectar. Sa langue caressa la mienne puis passa sensuellement sur mes lèvres. Ma tension était au bord de l'explosion et ce n'était pas la main discrète d'Alida qui allait m'apaiser, bien au contraire. Je grognai de plaisir.

— Monsieur le Comte, vous devriez monter ! proposa la maquerelle.

— Avec plaisir, Rozella !

J'eus à peine le temps de me lever que les filles me tiraient dans l'escalier en gloussant le plus discrètement possible. Rozella tenait à ce que nous restions un moment en bas afin de s'assurer de nos intentions. Elle tenait à ses filles et moi aussi. Je soupirai d'aise. Le divin n'aurait pas pu me toucher plus intensément. Nous n'étions pas encore arrivés que mes mains baladeuses s'immisçaient dans leur intimité offerte.

***

— Restez, Monsieur le Comte, m'implorèrent-elles en chœur.

— Malheureusement, cela m'est impossible cette nuit.

À mon grand désarroi, mon père m'attendrait à la première heure demain pour me clouer au pilori de mon destin. La tristesse me gagna après ces quelques heures de sens étourdis par les charmes et l'habileté de ces filles de joie.

— Je reviens dès que possible !

Mon affirmation s'appuya de baisers gourmands incessants. Je ne savais pas trop si elles m'aidaient à m'habiller ou l'inverse. Je n'étais toujours pas vêtu. Alida était déjà à genoux devant moi quand je rendis les armes.

***

— Cette fois, je pars ! Mon père est capable de faire fermer cet établissement si je ne suis pas raisonnable !

C'était malheureusement vrai ! Cet homme n'avait plus goût à rien depuis qu'il avait dû composer avec ses gens. La Révolution avait changé bien des paramètres, bouleversant notre noble vie. Je soufflai sous cette agitation qui nous guettait encore. Avec la chaleur de l'été, les tensions montaient de nouveau et les sans-culottes retrouvaient la hargne qui nous avait menés à bien des tourments. Toutefois, je n'étais pas sûr que mon paternel ait fréquenté ces lieux de joie. Je ne savais pas d'où je tenais ce goût pour la luxure et la fornication.

Je chaussai mes souliers et mes charmantes compagnes se pressèrent autant que possible contre moi pendant que nous descendions l'escalier. Un rire goguenard m'échappa : qu'elles étaient passionnées !

Au rez-de-chaussée, l'ambiance nous arrêta net. Un sentiment sinistre m'envahit soudain. J'avais beau regarder autour de moi, tout semblait normal, même si Rozella semblait un peu absente. Des gentilshommes étaient installés sur les canapés, des filles sur leurs genoux. Je détournai les yeux, incapable de les regarder.

La pourvoyeuse me salua sans que son sourire atteigne ses yeux. Alida et Célanie m'escortèrent jusqu'à ma calèche, me couvrant de baisers. Je ris qu'elles n'en aient jamais assez. Pourtant, je n'avais pas été avare. Mon cocher patientait gentiment.

— Quand reviens-tu ? demanda Célanie.

Après un moment de débauche, elles me tutoyaient. Le vouvoiement reviendrait à notre prochaine rencontre.

— Dès que possible !

D'une main, j'empoignai sa fesse tendre pour l'éloigner, mais je crois bien que je manquais de détermination. J'arrivai toutefois à m'écarter de ces charmantes demoiselles et mon cocher me ramena au château. Heureusement, nous n'étions pas loin, au grand dam de ma chère mère qui craignait pour ma réputation. Je rentrais un sourire aux lèvres de cet exquis moment qui resterait gravé dans ma mémoire.

N'étant pas suffisamment fatigué, je profitai du clavecin familial pour me laisser aller à quelques airs baroques que j'affectionnais particulièrement. Mes doigts couraient sur les touches pendant que mes oreilles s'emplissaient de ce son divin. Enfant, je rêvais d'être musicien. Malheureusement, j'étais l'aîné et les obligations m'empêchaient de m'adonner à cette autre passion.

Je tentais d'apercevoir dans la nuit noire les vignobles qui nous entouraient, nos terres qui m'enchaînaient. Une fois suffisamment fatigué, je me couchai satisfait. Les premières lueurs de l'aube perçaient.

***

Quand je retrouvai mon père dans nos vignes, la matinée était bien avancée. Comme toujours, il semblait mécontent.

— Vous voilà enfin, Léonard !

Je mis pied à terre et trébuchai en allant vers lui.

— Toujours aussi maladroit ! conclut-il.

Je le saluai, ignorant sa mauvaise humeur.

Autant j'étais doué avec mes doigts, autant mes pieds me jouaient parfois quelques tours, et le plus souvent devant mon père qui m'avait toujours bien trop mis la pression. J'étais le futur comte en titre. Tout aussi magnifique qu'intelligent, empli de prestance et bien éduqué, comme il se devait pour l'étiquette que je portais. Malheureusement pour mon père, il ne semblait pas que je fusse à la hauteur de ses espérances. Je pestais intérieurement, ne comprenant toujours pas ce qui me manquait. Peut-être mes cheveux blonds trop bouclés, mes lèvres trop épaisses, ma maladresse qui persistait alors que les travaux de la vigne m'avaient musclé plus que ce dont j'avais besoin. Seulement voilà, il avait fallu payer davantage nos gens et nous n'avions pas pu tous les garder. Pour résoudre cet épineux problème, j'avais proposé de me retrousser les manches. Mon père avait été fier de moi jusqu'à ce qu'il me découvre dans la grange, de la paille plein les cheveux, avec la fille d'un de nos paysans.

— Ce soir, nous sommes invités chez votre promise. Je compte sur vous pour montrer tout l'intérêt que vous lui portez ! Comportez-vous avec l'honneur de votre rang.

Je ricanai intérieurement. Nous marchions dans les vignes en vérifiant l'avancement des grappes. Pour l'instant, la récolte se révélait sous de bons auspices.

— Père, Solange ne m'inspire aucun intérêt, vous le savez.

— Pensez alors à la dot qu'elle apporte !

Je m'en moquais complètement. Bien sûr, je n'avais jamais manqué de rien. Mon clavecin, mes filles de joie et un bon vin me suffisaient. D'ailleurs, le nôtre était particulièrement bon et bien réputé, mais les récoltes trop hasardeuses ne nous avaient pas suffisamment profité ces quatre dernières années. Il était vrai qu'il aurait été dommage de perdre tout cela. Malheureusement, je voyais d'un très mauvais œil l'effort que cela exigeait de moi. Ma condition me semblait bien pénible en ce moment. Il devait bien exister une jeune comtesse ou une baronne un peu plus exquise que ne l'était ma promise.

— Père, peut-être pouvons-nous trouver un meilleur arrangement ? La dot de mademoiselle Solange n'est pas si conséquente. D'après mes calculs avec le contremaître, dans dix ans nous devrons changer les pieds de la rive ouest et si les récoltes n'ont pas été suffisantes, la dot aura été engloutie depuis bien longtemps.

Notre domaine nous coûtait bien trop cher,

conséquence des mouvements contestataires qui avaient soulevé le peuple, et je le comprenais bien. En revanche, mon père semblait manquer de jugement.

— Vous n'y songez pas, Léonard ?! Vous n'êtes qu'un enfant pourri, gâté. Votre mère vous a trop câliné. Résultat, vous vous amourachez bien trop vite des jolis minois sans voir l'essentiel !

2 – Heures sombres

Le repas avait été fastidieux. J'étais rentré éreinté de tant d'efforts pour sourire et être aimable. Fort heureusement, la bienséance exigeait que je fasse la cour à ma promise à distance. Cette dernière était émerveillée par ma beauté, comme toutes les femmes dans mon sillage. Même sa très chère mère paraissait intéressée. J'en étais écœuré. Je craignais de devoir refuser prochainement ses avances.

J'avais passé la journée avec mon père à faire le tour de notre domaine. Il s'étendait à perte de vue. Nos titres avaient beau être nobles, pour autant, ils ne nous apportaient guère de richesse. Nous commencions à faire partie de la noblesse désargentée.

Je contemplais notre patrimoine devant les fenêtres ouvertes. Ces terres que mon père aimait tant... Je savais qu'il avait aussi beaucoup d'affection pour moi ; simplement, il ne savait pas le montrer. Il pensait que la fermeté était un moyen plus efficace pour me préparer à sa succession. Ses exigences étaient devenues de plus en plus rigides au fur et à mesure que je devenais adulte. D'une certaine manière, il était fier de moi. J'avais surpris ses coups d'œil d'estime à mon encontre quand je lui faisais part de mes idées cet après-midi, mais l'argent nous manquait et la réalisation de ces projets vinicoles passait par ce mariage non désiré.

Un vent de tempête soufflait sur le crépuscule. Les nuages s'amoncelaient, résonnant curieusement avec ma morosité. J'étais plutôt d'une nature joviale. Malheureusement, en cet instant, je ne voyais qu'un avenir sombre.

Un grondement s'éleva. Un éclair zébra le lointain, déchirant le ciel. Soudain, j'observai, émerveillé, les bourrasques qui soulevaient une fine poussière du sol, les nuages qui filaient, s'entassant au-dessus de mes boucles blondes en un plafond bas. Je sortis sur la terrasse humer cette odeur de la terre, des vignes, de mon enfance, d'une ancienne vie où tout avait été plus facile. La tempête se levait. La nature se révoltait.

La pluie tomba au loin. Je restai assis, profitant d'une soudaine fraîcheur charriée par le vent. Je pris en bouche une gorgée de l'un de nos plus grands crus, installé à cette vieille table abîmée par les intempéries. Le vin roulait sur la langue, embaumait mon palais pendant que mes boucles blondes passaient devant mes yeux. Je les tenais de ma très chère mère. Ma jeune sœur portait les mêmes. La voix de cette dernière s'élevait dans la soirée dans un chant mélodieux pendant que notre mère l'accompagnait au clavecin. Je soupirai d'aise, tentant de chasser mes soucis.

Au fur et à mesure que la tempête s'éloignait, c'est une autre grogne qui s'éleva dans la nuit. Je tendis l'oreille davantage. Mes yeux perçants scrutaient l'horizon. Un vent de colère soufflait sur nos terres. Je devinai que ce soir, nous aurions la désagréable visite des révolutionnaires. Ils n'étaient passés qu'une fois, se contentant de voler une partie de nos biens familiaux les plus précieux et nos toiles de maître. Au nom du partage des richesses, il n'y avait plus de respect et le vol était devenu légitime. Nous avions eu la chance d'en sortir indemnes. Mon père avait augmenté les salaires de nos gens, ce qui nous avait valu une certaine indulgence et un temps d'accalmie.

Malheureusement, ce soir, un mauvais pressentiment m'envahit, rempli d'horreur et de noirceur. La rogne montait et des torches flamboyantes se rapprochaient. Je posai mon verre trop précipitamment. Il se renversa et le liquide bordeaux se répandit sur la table. Je sautai sur mes jambes, affolé, et me précipitai dans le bureau de mon père. Une lampe à huile éclairait à peine ses livres de comptes. Il redressa trop vite la tête, rattrapant son binocle au vol avant qu'il ne tombe.

— Père, les révolutionnaires !

— Mets nos femmes à l'abri !

Je courus vers elles, récupérant au passage un chandelier allumé. Les flammes vacillaient au fur et à mesure de ma course folle. Ma mère et Lucénia, ma sœur, arrêtèrent net leur mélodie joyeuse. Mon expression atterrée les alerta immédiatement et ma mère se précipita à la fenêtre.

— Ils sont là !

Je l'entourai de mes bras puissants pour lui assurer protection. Mais je n'en menais pas large en ce moment. Que pouvais-je faire contre une assemblée de révolutionnaires ? Ma mère était la douceur et la bienveillance personnifiée. Je l'adorais. Tout comme ma sœur qui en était une copie virginale.

— Venez ! Ne restez pas là.

Je les encourageai à me suivre. Nous avions décidé que je les escorterais au pavillon de chasse à la prochaine visite de ces sans-culottes. Le sang avait à nouveau coulé dans la région et nos titres ne nous assuraient plus la sécurité et le respect, bien au contraire. Nous étions devenus des symboles qu'il fallait voir disparaître. Nous étions des bêtes à abattre.

Nous descendîmes le plus vite possible notre escalier majestueux. Nos souliers à talons et les robes de mes bien-aimées ralentissaient notre fuite. Je savais que mon père mettrait en sécurité nos domestiques. Ces derniers risquaient d'être tout autant visés, rien que pour leur présence ici et leurs bons soins pour nous. Je les avais connus toute ma vie. Pour moi, ils faisaient partie du château, de la famille en quelque sorte. Ils mourraient chez nous au bout d'une longue vie de bons et loyaux services. Nous étions de bons maîtres et c'était la raison pour laquelle nous avions été épargnés.

Des cris de hargne s'élevaient, m'indiquant que les sans-culottes avaient franchi le perron et remplissaient le vestibule. D'ici peu, ils envahiraient le hall et notre descente précipitée serait démasquée.

— Dépêchez-vous !

Je hâtai le pas de mes compagnes. Lucénia poussa un gémissement de souffrance et un sanglot lui échappa. Ses yeux terrifiés étaient écarquillés comme ceux d'une bête traquée. Elle regardait autour d'elle, tentant de trouver un trou de souris pour s'y cacher.

Nous posâmes enfin le pied au rez-de-chaussée et amorçâmes le virage qui nous délivrerait. La porte à l'arrière nous permettrait de nous sauver dans la campagne et d'atteindre notre destination. Mon cœur cognait dans ma poitrine. Je cramponnais les bras de ma mère et de Lucénia. Je les portais presque à bout de bras. N'ayant pas l'habitude de l'exercice, elles étaient déjà à bout de souffle. La peur s'était insufflée dans leurs veines et leurs jambes flageolaient. Je craignais qu'elles ne s'effondrent à chaque pas.

— Courage ! Nous y sommes presque !

Je tentai de mettre force et courage dans mes paroles. Mon encouragement leur redonna un regain d'énergie et nous accélérâmes. Le soulagement de les sauver, de les mettre en sécurité fut un baume pour mon cœur.

Du coin de l'oreille, j'entendais mon père palabrer et tenter de convaincre que nous n'avions plus de richesses à leur offrir. Nous traversâmes le couloir au pas de course et je posai la main sur la porte de la délivrance, heureux.

J'ouvris le battant en grand, prêt à foncer vers les escaliers qui nous menaient vers nos vignes et plus loin vers le pavillon de chasse. Cramponnant toujours fermement les poignets de ma mère et de ma sœur, je m'élançai, les regardant d'un œil déterminé pour les rassurer. Je les entraînais avec moi.

Soudain, je percutai un corps et le mien tomba en arrière.

— Eh bien ! La noblesse se sauve ?!

Un sans-culotte me toisait, l'air mauvais. Je me redressai immédiatement, ignorant les douleurs de mon postérieur. Je me plaçai devant ma mère et ma sœur. Malheureusement, nous fûmes vite encerclés. Les fourches en bois pointues et les torches passant devant nos visages effrayés ne me disaient rien qui vaille. Tout à coup, j'étais horrifié autant que mes bien-aimées. J'eus honte de ressentir une telle frayeur, moi, le successeur de la famille, le futur comte de Bolay.

— Allons, allons ! Rentrons, nous enjoignit le révolutionnaire.

Tous autant sidérés, nous nous laissâmes tous les trois pousser et ramener dans le hall du château.

— À bas la noblesse !

Les cris retentissaient dans le hall pour nous accueillir avec mépris. La colère me serra la poitrine. À peine arrivé, je découvris avec effarement le sang de ma nourrice se répandant sur nos dalles de marbre.

Ce soir, ce ne serait pas le vin qui coulerait à flots à Margaux.

Une sueur froide dégoulina dans mon dos, recouvrant mon échine. Ma sœur tremblait des pieds à la tête, au bord de la syncope. Ma mère s'empêchait de crier, les mains écrasant sa bouche. Mon père, tenu par plusieurs révolutionnaires, saignait au niveau de la tête.

— Tiens, Jean ! Voilà ce qu'il nous faut ! lança un sans-culotte.

Le fameux Jean lança une longue corde en travers du lustre en cristal suspendu dans notre hall. Quand la corde se déroula, nous ne pûmes retenir un cri de frayeur en découvrant le nœud coulant qui pendait.

— À toi l'honneur, monsieur le Comte ! Si tu as de la chance, ton lustre cédera sous ton poids et tu auras la vie sauve !

Des rires s'élevèrent pour accompagner cette bonne plaisanterie. Mon père, totalement ahuri, se laissa traîner jusqu'à son gibet de fortune. Je réalisai que les larmes coulaient sur mes joues quand je pris conscience des sanglots de ma mère, ma sœur et nos domestiques.

— Ne t'inquiète pas, monsieur le Comte, nous allons bien nous occuper de tes femmes, et surtout de ta fille. Une jolie donzelle de bonne famille comme la tienne doit bien être pucelle !

À ses mots, je pris ma sœur dans mes bras pour lui faire un rempart de mon corps. Elle sanglotait, cachant son visage dans ses mains. Ses tremblements incontrôlés l'amenaient au bord du malaise. Je la soutins afin qu'elle ne s'effondre pas.

Le nœud coulissa autour du cou de mon père. Un dernier regard pour nous, pour nous passer tout son amour, comme un adieu. La bile monta dans ma bouche quand je le vis mourir. Il resta digne jusqu'au bout. Ses jambes s'agitèrent malgré lui, mais pas un mot ne sortit de ses lèvres, pas un seul cri.

Le pire était à venir et la violence des révolutionnaires se déchaîna, à peine mon père ayant rendu l'âme.

Ma sœur me fut arrachée des bras. Plusieurs me frappèrent jusqu'à ce que je sois à terre. Impuissant, je regardai la robe de Lucénia être déchirée sous ses cris et ses sanglots. Les viols s'enchaînèrent sous mes yeux sur les dalles de marbre. Son sang se répandait de plus en plus, annonçant sa fin tragique. J'espérais qu'elle meure vite afin de lui épargner toute cette souffrance.

Nos domestiques furent assassinés rapidement. Je le devinai aux coups de fusil qui retentissaient juste après leur sortie du château.

Ma mère, très digne, accepta son triste sort. Elle ne quitta pas mon père des yeux pendant que ses assassins s'acharnaient sur elle.

Il était dit que les de Bolay s'éteindraient ce soir.

Pourtant, j'étais maintenu au sol, blessé, les mains attachées dans le dos. Un des tortionnaires me maintenait par les cheveux afin que je ne rate rien du spectacle. J'étais perclus de douleurs ; cependant, mon sort était bien enviable face à l'horreur qui se déroulait devant moi. Les larmes coulaient sans discontinuité sur mes joues.

Le chaos régnait sur mes terres. Les cris de ma sœur avaient été remplacés par le fracas des meubles. Une fois leur sale besogne terminée, ils se rassemblèrent autour de moi.

— On emmène celui-là, il goûtera à la guillotine !

Je fus relevé manu militari. Ma jambe blessée m'empêchait de me redresser totalement. Les coups me donnèrent de l'élan.

3 – Aux portes de l'éternité

Nous étions une bande de jeunes survivants de la noblesse entassés dans une grange. Le cagnard avait rendu la journée étouffante. Les gémissements de douleur s'étaient tus au fur et à mesure que nous nous déshydrations. Peut-être que certains étaient morts de leurs blessures. Pour ma part, j'avais somnolé à plusieurs reprises. Les images cauchemardesques et mes sanglots étouffés m'avaient réveillé transi d'effroi de nombreuses fois. J'avais tenté de ne pas m'endormir. Dès que je fermais les yeux, des visions du carnage de la veille m'emplissaient, ainsi que le déferlement de violence qui s'était abattu sur ma famille. Nous étions tous dans le même état. Je supposais que nous avions vécu la même atrocité.

Je devinai à la lumière qui filtrait entre les planches que la nuit tombait. J'accueillis cette nouvelle comme une annonce de fraîcheur même si mon sort était funeste. Quelques paroles et ricanements de nos geôliers traversaient ces maigres murs. Je n'écoutais pas. Je tentais de trouver un moment de paix intérieure pour partir avec honneur, à l'image de mes très chers parents. Étaient-ils au paradis maintenant ? Ils le méritaient tellement, surtout après avoir connu un tel enfer.

Soudain, une agitation lugubre ébranla les murs de la grange. Je cillai, tentant de percer ce qui se tramait. Cependant, les planches n'étaient pas suffisamment écartées et la nuit noire nous entourait dorénavant. On aurait dit comme des bourrasques tournant autour du bâtiment. Entre chaque coup de vent, un silence total s'élevait, à peine brisé par un gémissement étouffé. Je croyais rêver éveillé. Je devenais peut-être fou. D'ailleurs, j'avais peut-être imaginé ces bruits, tellement ils étaient brefs. Maintenant, je doutais. J'étais aux aguets et je devinais que mes compagnons de fortune étaient tous en état d'alerte.

Un tourbillon s'éleva autour de nous. L'air brassé à l'extérieur me donnait le vertige et la nausée. Les déplacements étaient si vifs que c'en était oppressant. Je n'avais jamais vu une telle tempête.

Les planches craquaient. Nous nous serrâmes les uns contre les autres. Instinctivement, je devinais que nous baissions tous la tête, craignant que le toit ne nous tombe dessus.

— Cela ne peut être une tempête ! murmura l'un d'entre nous.

Je hochai la tête, muet d'angoisse, tout aussi convaincu que lui. Je n'avais jamais vu ce phénomène étrange.

Tout à coup, le bruit cessa. L'air retomba.

À quelle sauce allions-nous être mangés ?

Cette étrange question me vint si spontanément que je n'imaginais pas qu'une bonne raison inconsciente me l'avait soufflée.

Un crac retentit si fort que nous nous tassâmes les uns sur les autres pour nous faire les plus petits possible. La porte s'effondra au sol, écrasant les premiers d'entre nous. Leurs cris de douleur retentirent dans la nuit.

Un léger clair de lune fit apparaître de nombreuses silhouettes monstrueuses. Elles étaient énormes, trop larges pour être de simples hommes. Qu'était-ce donc ? J'étais terrifié.

Elles charriaient une atmosphère malsaine qui me broya les tripes. Pourtant, la nuit précédente, j'avais eu peur. Là, c'était encore autre chose. Je suai soudain à grosses gouttes. Toute la terreur de la Terre sortait par chaque pore de ma peau.

— Alors, qu'avons-nous là, mes braves ?

La voix gutturale et pleine de perversité me confirma que nous n'étions pas en présence d'amis ou de sauveurs, à moins qu'ils ne nous tuent plus rapidement que les révolutionnaires, abrégeant ainsi nos souffrances. J'eus l'intime conviction que nous avions simplement changé de bourreaux. Néanmoins, il était évident que nous n'avions pas gagné au change.

— De beaux petits lapereaux, Maître !

— Bien, bien, bien... Sentez-moi tous ces cœurs qui s'agitent et battent à tout rompre, poussant ce jeune sang dans leurs veines (un reniflement de bêtes sauvages monta). Résistez, mes petits soumis, vous savez bien que votre maître choisit ses proies ! Vous aurez mes restes, patience !

Des grognements d'animaux retentirent, puis diminuèrent immédiatement. Eux aussi avaient peur. À quoi avions-nous affaire ?

L'excitation montait autour de nous, tout comme ces cœurs qui battaient comme des chevaux au galop. Le mien frôla l'arrêt, résonnant si fort dans ma poitrine que je craignais qu'il ne m'échappe. J'aurais bien posé mes mains dessus pour le retenir de me quitter, mais elles étaient toujours nouées dans mon dos. L'atmosphère était suffocante.

— Volez, mes petits soumis, et reniflez-moi tout ce sang frais. Mes lieutenants et moi-même allons chercher nos nouvelles recrues avant que nous ne fassions ripaille.

Soudain, aux bruits d'étoffes, je devinai que des vêtements tombaient. L'ambiance s'alourdit instantanément. Une tension me vrilla les tympans. La nausée me reprit, contractant mes tripes. La douleur me plia en deux, même si mon estomac était entièrement vide depuis bien longtemps. Quand l'ambiance s'allégea, je relevai la tête.

Un vol de je ne sais quoi passa autour de nous. Des griffes se prenaient dans mes boucles blondes. Des ailes battaient autour de moi. Je gémis et gesticulai dans tous les sens pour me débarrasser de ces bestioles. L'une d'elles me mordit la joue. Étant attaché, je sortis les dents moi aussi, donnant des coups de tête plus forts encore. J'avais beau tenter de me dépêtrer de ces horribles bestioles, je me fatiguais inutilement. Pourtant, j'avais la rage de vivre.

Autour de moi, les gémissements de mes compagnons s'élevaient de plus en plus fort, mêlés aux rires morbides de nos nouveaux tortionnaires.

Je tentai une autre tactique, me penchant maintenant en avant pour protéger ma tête entre mes cuisses. Ces nuisibles me griffaient le dos. Je pleurais à nouveau comme un gamin. Une nuée de chauves-souris sembla s'abattre sur moi.

À 23 ans, je croyais être un homme. Ma terrible condition me montrait qu'il n'en était rien. Je fus soulagé que mon père ne soit plus là pour contempler le gamin apeuré que j'étais en cet instant.

Brusquement, une douleur fulgurante me déchira le cuir chevelu. Par réflexe, mes jambes se détendirent et sans rien comprendre, je me retrouvai debout face à une gueule béante. Des crocs jaunes, énormes, pointaient, débordant largement des lèvres. Sur le coup, je crus être face à des défenses de sanglier. Mais le peu de clarté lunaire m'indiquait qu'il n'en était rien. Malgré une tignasse phénoménale et des sourcils semblant monstrueux, il me semblait que c'était un homme. Enfin, presque…

— Vous avez raison, mes petits soumis, celui-là a quelque chose de spécial. Il est à moi !

Sa phrase à peine terminée, je fus éjecté et

rattrapé au vol par un bras avant que je ne m'éclate mortellement contre le mur. Le choc bloqua tout de même ma respiration. Ce corps semblait dur comme le marbre. À peine mon inspiration reprise, je fus projeté à terre.

— Si tu restes sage, tu vivras éternellement !

Cette voix tout aussi ténébreuse que celle du maître me laissa dans une totale sidération.

Des geignements de souffrance perçaient dans la grange. Les bruissements des ailes étaient électriques. Des ricanements au milieu de bruits de succion me laissèrent désemparé. Je n'osais tirer de conclusion sur ces bruits de bouche et ces cris de douleur. Un autre corps tomba soudain à côté de moi. Instinctivement, nous nous reconnûmes comme victimes et nous pressâmes l'un contre l'autre, tremblants, transis de terreur. Nos cœurs battaient à tout rompre. En cet instant, nous étions morts de peur.

— Êtes-vous bien repus, mes lieutenants ?

— Oui, Maître ! s'élevèrent plusieurs voix en chœur.

Je fus choqué d'entendre autant de respect dans leur voix.

— Très bien ! C'est à vous, mes petits soumis : ripaillez, maintenant ! Faites bombance et nettoyez tout cela. Tout doit disparaître.

L'effroi arrêta net mon cœur. Les battements d'ailes s'arrêtèrent instantanément. Des corps nus grouillèrent autour de moi, me reniflant. Une langue passa sur ma joue.

— Pas celui-là !

Cette bouche cruelle fut éjectée par un coup. Le bruit d'un os cassé me fit fermer les yeux. La complainte de douleur qui s'échappa était tout aussi bestiale.

— Amène-le-moi ! ordonna le maître.

Je ne comprenais plus rien. Je fus relevé et poussé pour sortir de cette grange funèbre. Je n'eus pas le courage de jeter un œil en arrière. Les bruits étaient suffisants pour comprendre qu'il n'y aurait aucun survivant.

— Viens avec moi, Boucles Blondes, l'éternité t'attend !

La main ferme du maître s'empara de mon bras. Il me plaqua contre lui. Tandis qu'il me reniflait, je tremblais de plus en plus. Quand sa langue râpeuse passa dans mon cou, je tentai un coup d'épaule pour le faire reculer. Une grande claque me sonna totalement, m'amenant des étoiles plein les yeux.

— Si tu es chanceux, tu vas vivre !

J'eus à peine le temps de comprendre qu'une douleur fulgurante me déchira la gorge. Par réflexe, je voulus monter ma main, mais cette dernière était toujours retenue dans mon dos. Un liquide chaud coulait le long de ma poitrine. Je devinai immédiatement que je me vidais de sang.

J'avais cru connaître l'enfer la nuit d'avant. Ce n'était finalement que l'horreur. Le pire restait à venir.

Des glouglous s'échappaient de ma gorge ouverte. Les ronflements de cette bête foisonnaient dans mon oreille. Ses crocs étaient plongés dans mon cou, sa langue lapait régulièrement mon sang qui s'échappait trop vite. Je suffoquais de douleur. La vie me quittait.

Mes jambes fléchirent et je me retrouvai soudain dans les bras de ce cannibale. Mes yeux grands ouverts sur l'obscurité du ciel ne discernaient plus rien, hormis un mot, un seul qui se faisait de plus en plus présent dans mon esprit.

VAMPYRE [1]!

Ce vieux mythe était-il vrai ?

Comme pour répondre à cette question muette, un liquide sirupeux coula dans ma bouche entrouverte. Quand je sentis le fer, je devinai le sang de cette monstruosité. Par réflexe, je recrachai ce breuvage de l'enfer.

Une grande claque me sonna à nouveau. Je flanchai totalement hébété, à terre, quasi sans vie. Je ne pouvais plus combattre. Ma bouche fut à nouveau envahie de ce sang monstrueux. Le réflexe de déglutition me saisit par surprise. Et alors que j'étais prêt à mourir, je bus de plus en plus goulûment ce cruor maléfique.

En moi, une bataille commençait sans que je puisse en deviner la véritable issue. Je souhaitais ardemment mourir le plus rapidement possible, mais la monstruosité s'emparait déjà de moi. La souffrance me sidéra, m'immobilisant dans un carcan de douleur. Puis le feu arriva dans mes veines. J'aurais voulu crier, tellement cette torture était insupportable, mais ni mon corps, ni mon

---

[1] À cette époque, le « Y » est de rigueur.

esprit ne m'obéissaient. Une chose était sûre : la vie me quittait. J'aspirais ardemment à un moment de paix, même éphémère. Il n'en fut rien.

Quand les flammes de l'enfer s'emparèrent de moi, je tombai dans les limbes du purgatoire, la seule place qui pouvait être la mienne maintenant.

***

Je me réveillai ficelé de toutes parts, couché sur des planches. Je soufflais comme un bœuf. Je respirais comme un asthmatique. La gorge me brûlait. Mes gencives en feu me tourmentaient. Mes jambes fourmillaient de mille bestioles courant sous ma peau.

Qu'avais-je donc ?

Je voyais tous les détails du plafond à plus de trois mètres au-dessus de moi. J'étais de retour dans mon château.

Que faisais-je là ?

Je grognai de mécontentement, de frustration, de douleur dans tout ce corps que je ne reconnaissais plus.

Une tête vint se pencher au-dessus de moi. Je reconnus un des sbires, tout aussi assassin que son maître. Un démon.

— Enfin réveillé ?

Je serrai les paupières, tant sa forte voix m'égratignait les oreilles. Je discernais son sang courant dans ses veines en un bruissement sauvage, dérangeant.

Je grognai pour seule réponse.

— Je vais te détacher et si tu obéis, tout se passera bien. Je vais t'emmener au Maître !

Ses paroles hurlaient dans mes oreilles. Ses crocs débordaient de sa bouche immonde. Ce vampyre coupa les cordes et m'aida à me relever. Au moment où je posai le pied par terre, celui-ci se déroba. L'autre s'y attendait et m'attrapa au vol plus vite que son ombre, projetée par la bougie derrière lui. Cette dernière brûlait mes rétines. Son rire déchira un peu plus mes oreilles.

Il me traîna jusqu'à cette horrible chose qui avait fait de moi un monstre.

4 – Du sang et des larmes

— Grand Maître Rakoûl, je vous présente votre nouveau soumis !

Les yeux plissés, les jambes flageolantes, je serrai les mâchoires pour diminuer la douleur de mes oreilles, engendrée par les paroles de ce buveur de sang. Deux crocs pointus dans ma bouche percèrent mes lèvres. J'écarquillai les yeux de surprise. Je ne reconnus pas le goût de mon sang. Il était devenu sirupeux, presque sucré. J'écarquillai les yeux d'effroi. Avais-je passé un pacte avec le diable ?

Je ne me souvenais plus de rien, hormis un grand trou noir après avoir avalé le cruor de ce buveur de sang.

Je levai la tête vers ce monstre qui semblait être mon nouveau maître. À la lueur des bougies, il me paraissait énorme dans le fauteuil de mon père. Ses larges épaules dépassaient du dossier. Ses genoux remontaient bien plus haut que son bassin.

— Ah, Boucles Blondes, tu as survécu... C'est très bien ! L'autre n'a pas eu ta chance !

Je cillai de nouveau sous l'éclat de ses mots. Mes oreilles avaient un sérieux problème. Je souffrais du moindre bruit. D'ailleurs, j'entendis un grattement derrière une plinthe en bois. Je tournai immédiatement la tête, comme à l'affût d'une proie. Je humai l'air telle une bête. Je détectai le sang chaud, sauvage, qui circulait derrière le mur dans un tempo qui accélérait. Ce mulot avait bien plus peur que moi. Je grognai et me pourléchai les babines tel un prédateur obsédé par sa proie.

J'allais avancer vers cette souris, prêt à arracher la plinthe lorsqu'un bruissement derrière m'alerta. Je tournai la tête pendant que ce buveur de sang levait la main sur moi. Je n'eus pas le temps d'échapper à sa poigne qu'elle s'abattit sur mon épaule, prête à la broyer. Des serres se refermèrent sur moi, me clouant sur place, m'enfonçant presque dans le sol.

— Tu sembles de bonne constitution ! C'est parfait ! Mon sang est fort et engendre de bons vampyres !

Alors, c'était bien ce que j'étais devenu ! Une engeance du diable !

Heureusement que ma très chère mère n'était plus là pour contempler son démon de fils. Cette histoire de mort-vivant qui se nourrissait de sang était donc bien réelle.

J'observai mon corps. Je pris soudain conscience que ce n'était plus le même qu'avant. Je paraissais plus grand. Mes muscles sur mon torse avaient poussé. Je les découvrais au travers de ma chemise déchirée et pleine de sang. Ma main monta jusqu'à ma gorge brûlante. Je grattai cette peau dans laquelle je percevais quelques aspérités suite à la morsure de ce maudit diable. Morsure ? Non, dans mon souvenir, il m'avait arraché la gorge. Je serrai maintenant mon cou, cherchant à soulager la pression qui descendait jusqu'à mon ventre.

— C'est la soif... Nous allons te nourrir, affirma-t-il, comme pour me rassurer.

Je reculai mon oreille, déstabilisé par le volume sonore.

— Tu vas t'habituer à tes nouveaux sens. Fais comme si tu voulais baisser le volume des bruits autour de toi.

Je le regardai comme un idiot, totalement hébété, tandis qu'il me broyait un peu plus l'épaule.

— C'est bien ton château ? chuchota-t-il.

Je regardai autour de moi, perplexe. Petit à petit, je reconnus bien l'endroit où j'avais vécu ma vie mortelle. J'acquiesçai.

— Bien ! Dimitri, va chercher son festin !

Le fameux Dimitri, qui m'avait accompagné jusqu'ici, salua avec déférence ce diable et sortit. Il était habillé comme un révolutionnaire alors que son maître portait une culotte de noble comme j'en avais toujours porté moi-même.

— Je suis ton nouveau maître, je suis le grand Rakoûl... Tu ne me connais pas sans doute... Sache que dans le monde de la nuit, je suis tout autant vénéré que redouté ! Tu m'appelleras Maître !

J'opinai du chef dans une totale incompréhension, complètement abruti par cette étrange situation dans laquelle je n'avais aucun repère. Entre ma gorge et mes oreilles douloureuses, mon esprit avait du mal à raisonner.

— Je n'ai pas entendu ! reprit-il en me broyant l'épaule.

Je crus qu'il avait des serres qui s'enfonçaient dans ma chair tellement j'eus mal.

— Oui, Maître ! balbutiai-je.

— Bien ! Nous allons nous entendre... Pour l'instant, tu seras un petit soumis. Tu obéiras au doigt et à l'œil de ton maître et de mes lieutenants. Peut-être qu'un jour, tu en remplaceras un...

Il termina sa phrase avec un rire vicelard, presque démoniaque. Notre vie, ou plutôt notre non-mort, n'avait aucune valeur pour lui.

— Tu vas te nourrir... Je ne suis pas ingrat ! Nous t'avons réservé une surprise qui te comblera !

Je ne savais que penser. Je fus alerté immédiatement par des chouinements au loin. Des « non », mêlés à des sanglots, me pressèrent la poitrine. Soudain, je plissai les yeux. Je connaissais cette voix. Ma poitrine se serra de douleur.

Je scrutai les alentours tandis que l'horreur montait en moi. Cette dernière me submergea dès que Dimitri passa la porte en traînant Célanie derrière lui, une de mes filles de joie tant aimées. J'étais choqué de la découvrir ici en si piteux état.

— Monsieur le Comte, sanglota-t-elle en

s'échappant.

Elle se blottit dans mes bras avant que j'aie eu le temps de la repousser. La douleur dans ma gorge s'intensifia. Une mélodie sinistre montait de mes bras. D'où venait cette musique ? Je ne pus me poser plus de questions. Mes crocs sortirent davantage de mes gencives dans une douleur fulgurante. J'entendis un rugissement de bête, puis des rires autour de moi. Ahuri, je m'arrêtai devant ce triste spectacle. Tous se moquaient tandis que j'identifiais que le grognement bestial provenait de moi.

Seule Célanie me scrutait intensément, plus horrifiée encore qu'en arrivant. Son cœur fit une embardée. Elle ne respirait plus. Je ne voyais qu'un organe palpitant au creux de mes bras. Du sang qui circulait et qui ne demandait qu'à être bu. La soif devenait insupportable. Je n'étais plus capable de raison.

Je remarquai plus le teint livide de Célanie, ses cernes noirs et les multiples morsures dans son cou. Sa robe déchirée n'était que haillons. Je la pressai plus fort dans mes bras alors qu'elle tentait de me repousser de toutes ses forces. Je n'en avais cure. Je ne voyais que son sang rouler dans ses veines, poussé par les battements de son cœur accéléré.

Ma main monta instinctivement de son dos à sa nuque. Je la soulevai, l'amenant au plus près de ma bouche qu'elle aimait tant. Pourquoi criait-elle ainsi ? Ne m'adorait-elle pas comme elle me l'avait si souvent dit ?

Mon besoin était plus fort que mes interrogations. Son sang vibrait dans ses veines, attisant ma soif d'elle. Je n'entendais plus rien que ce liquide précieux qui chantait pour moi. Dès que je plongeai mes crocs dans son cou, je fus délivré. Un bonheur sans pareil m'apaisa. Je n'avais jamais senti une paix si majestueuse, si exquise.

Son délicieux élixir coulait dans ma gorge pendant que Célanie hoquetait de douleur. Un coin de ma conscience savait que je la faisais souffrir, que je n'étais plus que le mal. Malgré tout, boire était plus fort que moi, plus fort que tout. Je ne pouvais cesser.

— Arrête ! ordonna Rakoûl.

Cet ordre me paraissait si lointain que je n'y prêtai pas attention.

— Arrête immédiatement ! tonna-t-il.

Une main m'avait à peine arraché ma proie que je reçus un tel coup dans la mâchoire qu'elle se brisa. Je me fracassai au sol. Par réflexe, je posai ma main sous mon menton pour soutenir le bas de mon visage.

Je rugis devant Dimitri soutenant Célanie, prête à s'évanouir. Il me toisait d'un sourire narquois.

— Tu dois m'obéir ! aboya Rakoûl, me surplombant de toute sa force.

Ses yeux devinrent hypnotiques. Mon esprit devint plus faible encore et je couinai malgré moi, désemparé.

— Emmène-la, Dimitri, elle peut encore servir ! Toi, Boucles Blondes, tu as assez bu. Tu peux lâcher ta mâchoire... La nuit prochaine, elle sera réparée !

Totalement abruti, j'obéis, contraint et forcé. Ma main abandonna mon menton et ma mâchoire pendit lamentablement, étirant mes lèvres vers le bas. Un bruit à l'intérieur de ma bouche me confirma que l'os était cassé. Je devenais une marionnette dans les mains de ce maître, malgré moi. Je n'avais plus aucune volonté.

— Relève-toi ! Tu dois faire ton deuil maintenant ! Tu as de la chance que je t'aie reconnu. Tu étais au bordel l'autre soir... Je t'ai fait ramener tes deux filles de joie. Ne me remercie pas, va... Tu n'as plus l'exclusivité !

Son ricanement morbide alerta ma conscience sur les horreurs que Célanie et Alida avaient dû subir. Malheureusement, je n'arrivais pas à m'en émouvoir. Ces informations glissaient sur moi sans que je puisse en saisir exactement l'abomination.

— Enfin, tu as eu plus de chance que ta famille ! Dommage pour ta jeune sœur, elle semblait délicieuse...

Je fronçai les sourcils. Des visions cauchemardesques de cette nuit funeste tentaient de pénétrer mon esprit, en vain. Je restais hébété totalement alors qu'au fond de moi, je savais que j'aurais dû ressentir la désolation, et même pire encore. Un soulagement m'envahit : ma gorge ne me brûlait plus.

— Tes morts sont à l'arrière du hall, dehors... Ils puent, maintenant ! Va les enterrer. Ta vie de comte n'est plus ; dorénavant, tu m'appartiens, tout comme j'appartiens aux ténèbres (il rit à gorge déployée alors que j'étais toujours à terre sur les fesses et la mâchoire pendante).

— Va ! hurla-t-il.

Dans un mouvement totalement chaotique et probablement dû à l'impulsion du diable, je commençai à courir à quatre pattes telle la bête que j'étais devenu. Au fur et à mesure, je me redressai et poursuivis ma course pour sortir de mon château. Je ne fuyais pas, j'en étais incapable.

Tel un pantin désarticulé, je sortis sur le perron à l'arrière. Là où mon maître de l'enfer avait exigé que je me rende.

Je tombai d'effarement. Les corps de ma famille et de nos domestiques étaient entassés. Une sueur froide coula dans mon dos devant cette macabre découverte. Les corps en décomposition dégageaient une puanteur terrible. C'était donc cela, la mort. Je réalisai que d'une certaine façon, j'étais bel et bien vivant. La mâchoire pendante, j'observai les mouches en train de pondre leurs œufs sur mes défunts. J'avançai ma main pour les chasser.

Je constatai que je n'avais pas retrouvé la raison. J'aurais voulu pleurer ces êtres tant aimés, mais cela m'était impossible. Une force surnaturelle m'étreignait au plus profond de moi. Une larme coula tout de même sur ma joue alors que je ne demandais qu'à m'effondrer et pleurer toutes les larmes de mon corps.

— Tu es sous l'emprise de notre maître ! Et

c'est mieux ainsi !

Du coin de l'œil, je découvris Dimitri adossé au mur, l'air nonchalant.

— Allez, au boulot ! Va les enterrer, sinon je les brûle ! ajouta-t-il comme si de rien n'était.

Je fus choqué par cette dernière parole. Ma famille était très croyante, j'avais grandi dans la foi. Je leur devais une sépulture digne.

— Tu dois finir avant le lever du jour ! dit-il en scrutant le ciel. Tu ferais mieux de te dépêcher !

Mon geôlier me surveilla du coin de l'œil pendant mes allées et mes venues. Surpris par ma force surhumaine, je pouvais emmener les corps par deux. Mes mouvements étaient très rapides et efficaces pour soulever la terre alors que je n'avais jamais creusé de fosses. Je n'eus pas d'autre choix que d'enterrer chaque domestique à même la terre. Autour de moi, les insectes grouillaient, attisant un instinct bestial que je ne reconnaissais pas.

Quand j'arrivai à ma mère, j'étais désemparé, comme hors de mon corps, l'esprit ailleurs. Seules quelques larmes coulaient, me rassurant sur le fait qu'à l'intérieur, il restait quelques émotions.

J'aurais voulu fermer ses paupières. Malheureusement, ce n'était plus possible. Je la pris délicatement dans mes bras pour l'amener au caveau familial. Je n'osais regarder sa chair qui pourrissait. Je traversai notre cimetière où des générations de descendants de comtes reposaient.

— Où tu vas, comme ça ? demanda une autre monstruosité que je n'avais pas encore vue.

— Dans le caveau, marmonnai-je.

Ma gorge me grattait et les mots étaient difficiles à sortir.

— Impossible, il est à notre grand Maître ! Tu as toute la place ici, affirma-t-il en me montrant les tombes.

Je ne pouvais pas mettre ma mère sous une pierre tombale avec un autre corps. Effaré, j'étais perdu, empêtré dans mon esprit chaotique. Je n'arrivais pas à retrouver la raison.

5 – Repos éternel

Dimitri me poussa vers une tombe. Je trébuchai, mais soulagé, je rattrapai le corps de ma chère mère. Le sous-fifre de Rakoûl ricanait tout en glissant une pierre tombale pour l'ouvrir. Je découvris avec effarement des ossements de mes ancêtres. Je regardais ce trou béant avec effroi. Une sourde tension s'élevait en mon for intérieur. Pourtant, quelque chose m'empêchait de réagir. Une voix dans ma conscience me soufflait que je n'étais qu'une marionnette.

— Ce n'est pas compliqué ! cracha Dimitri.

À titre de démonstration, il m'arracha le corps de ma mère et le balança dans le trou. J'écarquillai les yeux devant ce manque de respect, toujours prisonnier de mon absence de réaction. Une sourde fureur s'éveilla dans un coin de ma tête, puis s'évapora instantanément.

— Va chercher les autres, le jour va se lever !

Je levai les yeux vers le ciel. Un instinct animal que je ne connaissais pas me poussait à me terrer. Je n'avais plus les mêmes repères, mais je devais me hâter. Comme un pantin, je partis chercher les corps de mon père et ma sœur. Je ne sais comment, je savais que je n'avais pas le temps de faire deux tours. Dimitri m'arracha de nouveau les corps pour les entasser dans la tombe. J'eus soudain l'énergie de protester. Mes poings se serrèrent automatiquement. Je grognai comme un animal.

— Ne t'avise pas d'agir comme ça avec moi ! clama Dimitri, sinon je finis de t'arracher la mâchoire et tu ne pourras plus te nourrir.

Il me tenait par ce qu'il restait des pans de ma chemise déchirée. Ses yeux sombres étaient terrifiants. Je sentis dans sa poigne qu'il était fort, très fort. Je me rembrunis sous cet assaut, penaud. Je ne connaissais pas les nouvelles règles.

Autour de moi, le cimetière familial grouillait de ces buveurs de sang. Tous se planquaient dans une tombe ou s'enterraient à même la terre. Je n'eus pas le temps de réfléchir davantage que j'atterris sur les miens au fond de la tombe. Dimitri referma la pierre tombale sur moi.

Brusquement je ne sentis plus l'emprise qui diminuait mes sens et je hurlai à gorge déployée.

— La ferme ! cria Dimitri. Si la lumière ne pénètre pas dans ce trou, tu te relèveras demain soir.

Je n'en avais que faire. Pourvu que la lumière pénètre !

Je n'en connaissais pas les conséquences, même si je comprenais que le soleil assurerait ma perte.

Je vociférai de plus belle, de rage, de peur,

puis de chagrin. Mes hurlements se transformèrent en complaintes, puis en gémissements. La torpeur me prit par surprise et je disparus instantanément dans le néant.

***

Je me réveillai aussi soudainement que je m'étais éteint. La puanteur régnait autour de moi. J'écartai d'une main un rongeur qui me reniflait, prêt à me mordre. Je rugis pour lui montrer qui était le prédateur dans cette tombe. Il couina et déguerpit pour se cacher.

Tout me revint d'un seul coup. L'épouvantable situation dans laquelle je me trouvais. L'abomination que j'étais devenu. Mes parents, ma sœur... Assassinés froidement par une bande de dégénérés.

L'odeur autour de moi, c'était eux, mes êtres bien-aimés ! Peu importait leur état, je les attrapai par ce que je pouvais et les rapprochai de moi. Je me blottis contre eux. L'odeur était terrible. Mon odorat semblait surdéveloppé car je ne me rappelais pas avoir été indisposé de la sorte par les charognes en décomposition. Néanmoins, c'était tout ce qui me restait d'eux. Alors, je fermai mes narines et les serrai contre moi. Je sanglotais de tout mon soûl. Je n'étais plus bon qu'à cela, totalement submergé par mes malheurs. J'aspirais à la mort véritable, la mort définitive, celle que mes parents et ma sœur connaissaient actuellement. Il aurait mieux valu que je goûte la guillotine.

Qu'étais-je devenu ?

Avais-je encore une âme ?

Si j'en croyais la Bible, je ne pouvais être qu'un démon sorti tout droit des enfers.

Forcément, je n'avais plus d'âme !

Un cri de terreur me saisit et me comprima le thorax. Je ne pouvais être que maudit. Si j'arrivais à quitter cette vie, seules les flammes de l'enfer pouvaient m'accueillir.

Soudain, la pierre tombale glissa et Dimitri apparut au-dessus de moi. Surpris, je l'observai, interdit, stoppant net mon élan de douleur larmoyante. Je le voyais comme en plein jour alors que l'obscurité était totale. La lune semblait cachée derrière un plafond bas. Aucune lumière ne filtrait. Pourtant, je voyais chaque détail de ce vampyre. Ses yeux brillaient d'une lueur féroce et malsaine. Ses crocs étincelants dépassaient de ses lèvres. Son air mauvais me fit craindre le pire.

— Alors, Boucles Blondes, ne crois pas que je vais venir te lever tous les soirs. Je ne suis pas ton fidèle laquais. La prochaine fois, enlève toi-même ce couvercle ! Tu me dois respect et obéissance, tout autant qu'à notre Maître !

J'avais oublié Rakoûl. Par réflexe, je posai ma main sur ma mâchoire. Effaré, je constatai que tout semblait en ordre. Ce maître ne pouvait être que le roi des ténèbres.

— Sors de là !

Je m'exécutai sous ce ton menaçant. Je devais en apprendre un peu plus si j'espérais pouvoir en terminer avec cette non-mort.

J'étais à peine sorti que je réalisai que la gorge me brûlait à nouveau. Je fis le lien immédiatement avec la soif de sang. Je pensai à ma pauvre Célanie. Malgré moi, je la cherchai partout avec tous mes sens. Mes yeux scrutaient le moindre recoin, mes narines recherchaient la moindre fragrance qui pouvait m'indiquer où elle pouvait se cacher de moi. Mes oreilles écoutaient... Je reçus comme une grande claque soufflée tellement le bruit qui entrait était fort. Instinctivement, je mis mes mains sur les oreilles pour atténuer toute cette cacophonie.

Les rongeurs, les insectes, le bruissement du vent dans les feuilles... puis plus loin, les bruits de succion. Je devinai Rakoûl et Alida. Des odeurs de sang et de sexe vinrent jusqu'à moi. Un ravissement me saisit, égratignant ma gorge davantage. Quelque part, les larmoiements m'attristaient et m'horrifiaient à la fois devant la barbarie de ces prédateurs.

— Je t'ai gardé Célanie pour te nourrir ! Viens !

Stupéfait, je suivis comme un petit chien alors qu'au fond de moi, je ne voulais pas lui faire le moindre mal. Mais le sang, cet élixir m'était devenu indispensable, je le sentais au plus profond de mes entrailles. Je n'arrivais pas à m'en détourner.

— Enlève tes mains de tes oreilles ! Fais comme si tu voulais diminuer le volume ! Tu dois reprendre le contrôle de tes sens.

Je le regardai, les yeux écarquillés, ne comprenant pas comment je pouvais réussir une telle prouesse.

— Fais des efforts ! me sermonna-t-il en levant les yeux.

Je pestai intérieurement. Ce sous-fifre était prêt à me mettre une rouste. Je le voyais ouvrir et fermer les poings sans cesse comme si cela le démangeait. Je n'avais pas envie de me balader à nouveau avec la mâchoire pendante. Alors, je me concentrai sur mes oreilles internes, leur commandant de filtrer les bruits et d'en diminuer l'intensité. Les rongeurs et les insectes disparurent immédiatement. Je fus subjugué par cette maîtrise de moi-même.

Une cacophonie instrumentale s'éleva dans les airs. Je levai la tête et regardai autour de moi en en cherchant la provenance.

— Qu'y a-t-il ? demanda Dimitri.

— Tu entends la musique ?

Ma question le surprit. Il écouta à son tour, puis secoua négativement la tête.

— Tu étais musicien, probablement, d'après tous les instruments que l'on a retrouvés...

J'acquiesçai au souvenir du bonheur et de la paix que j'éprouvais quand je jouais.

— Fais le tri des sons qui arrivent... Nous n'avons pas tous les mêmes capacités pour l'ensemble de nos sens. Il faudra découvrir les tiennes. Je te conseille de le faire discrètement car notre Maître n'aime pas tous les dons. Il peut vite éliminer nos nouvelles recrues.

Je priais presque pour qu'il me supprime, moi, cette abjecte abomination qu'il avait lui-même créée. Mais qui devais-je prier maintenant ?

Mes pensées troubles furent vite interrompues par les paroles de Dimitri.

— Tu dois apprendre à te cacher avant les premières lueurs du jour. Tu dois obéir en tout point au moindre de nos ordres, sinon tu seras éliminé comme ce couard, là-bas...

D'un simple signe de tête, il m'invita à observer une scène bien étrange. Deux vampyres en tenaient un autre, par les bras. Ce prisonnier semblait bien amoché. Il était maintenu à genoux, la tête vers le bas, les bras en l'air, et je réalisai qu'un buveur de sang allait le décapiter.

Une sueur glaciale s'écoula dans mon dos.

— Qu'a-t-il fait ? demandai-je, effrayé.

— Il a voulu se sauver. Sache que nous avons des traqueurs parmi nous. Ce sont d'excellents prédateurs. Ils retrouvent les fuyards et les éliminent sur-le-champ. Obéis et il ne t'arrivera rien.

Le bruit de l'épée tranchant la chair, fracassant les os, me saisit d'horreur et je me concentrai pour baisser encore le volume sonore. La cacophonie musicale cessa et ma gorge me brûla à nouveau. Mais quel cauchemar vivais-je ?!

Je fus soudain plus qu'irrité, j'avais soif et je cherchai autour de moi une proie à déguster, reniflant la moindre goutte de sang chaud circulant dans une veine palpitante. Une souris alerta mes sens et je faillis bondir mais Dimitri m'arrêta net en m'empoignant le bras.

— J'ai mieux pour toi !

Son air scabreux ne me disait rien qui vaille. À

nouveau, je le trouvai dégoûtant. Nous pénétrâmes dans le hall du château. Je montai les escaliers à sa suite, me demandant ce qui allait encore m'arriver. Il me poussa en rigolant dans une chambre à l'étage et m'enferma dedans.

Surpris, je me retournai et enserrai la poignée de la porte pour sortir.

— Dépêche-toi de te nourrir si tu veux ressortir ou je te fais décapiter !

Je trouvais presque l'idée séduisante et étudiai sérieusement la question. Malheureusement, un gémissement dans la chambre m'interpella. Je me redressai, aux aguets. J'étais prêt à me cacher, telle une proie en fuite. Je réalisai soudain que je n'étais pas le butin dont on devait s'emparer.

Une autre plainte s'éleva et je me retournai. Il avait beau faire nuit noire, je discernais la forme tremblante sur le lit.

— Célanie !

Son prénom m'échappa dans un souffle de panique.

Je m'approchai, tout aussi effrayé qu'elle. Célanie divaguait. Elle était blanche comme la mort, la vie la quittait.

— Léonard, gémit-elle dans un sursaut de lucidité.

Elle avait reconnu ma voix. Je couinai de mécontentement. La rage montait en moi. Ils avaient torturé cette charmante jeune femme. J'étais horrifié par tant de méchanceté. Des traces de morsures couvraient son corps amaigri. Un linceul la cachait à peine. Du sang, çà et là, tachait sa peau blafarde. Son corps tremblait de fièvre. Son cœur palpitant faiblement m'arracha un cri de terreur. Il restait du sang dans ses veines. J'aspirai sa douce fragrance. Une mélodie funeste s'éleva de cette couche mortuaire.

— Achevez-moi, Léonard, je veux mourir au plus vite.

Un sanglot m'échappa. Je n'aspirais qu'à la boire, mais je ne voulais pas lui faire de mal. Je cachai mes crocs déjà prêts à percer cette peau tendre. Ce que j'étais me répugnait. Cet appétit sanguin qui me prenait à la gorge, que je ne pouvais maîtriser, me révulsait.

— Je n'en peux plus de souffrir, Léonard... Je vous en supplie.

Je tombai à genoux, ma tête tomba près de sa main. Elle eut la force de caresser mes cheveux qu'elle aimait tant.

— En souvenir du bon vieux temps, Léonard... Quitte à ce qu'un démon m'emporte, autant que ce soit vous !

Je me redressai pour hurler ma souffrance. Mes larmes dégoulinaient sur mes joues. Plus je respirais, plus le parfum de Célanie m'imprégnait. Ce dernier me rendit fou. Je plongeai mes crocs en elle. J'avalai jusqu'à la dernière goutte de sang.

6 – Des rites mortels

— Mais dans quel état es-tu ?

Je m'habituais tant bien que mal au tutoiement. Ce langage des révolutionnaires et des brigands commençait à se généraliser. C'était aussi l'usage pour les barbares sanguinaires que nous étions, sauf envers Rakoûl, bien sûr.

J'observais Gustave avec effroi. Il était totalement amaigri alors qu'il semblait en pleine forme avant sa visite à notre maître.

— Ce n'est rien, je vais me remettre... comme toujours...

Son désarroi augmentait mon malaise. Je ne comprenais pas ce qui avait pu le mettre dans un tel état. Deux semaines que j'étais parmi ces buveurs de sang. Nous devions être moins de vingt. C'était difficile à dire car je n'étais pas sûr d'avoir rencontré tous ces démons. Un soi-disant éclaireur était revenu hier. Y en avait-il d'autres ?

Il y avait notre grand maître Rakoûl. Un bruit courait qu'il venait d'Europe de l'Est, mais tellement de chimères étaient racontées que je ne savais plus que croire. Tout comme le fait qu'il avait plusieurs centaines d'années. Mais personne ne semblait savoir combien.

Ce tyran s'était entouré de trois fidèles lieutenants, tous plus féroces et démoniaques les uns que les autres. Le fameux Dimitri en faisait partie. Il m'avait déjà battu tellement fort parce que j'avais remis en cause la légitimité d'un ordre que je serais mort si j'avais été encore humain. J'entendais encore les os de mon crâne se fracasser. J'avais rêvé que la mort me délivre. Malheureusement, je m'étais réveillé la nuit suivante, plus en forme que jamais.

Tout était prétexte à nous briser, moralement et physiquement. Je subissais le règne de la terreur. Je n'osais me sauver par peur d'être décapité. J'avais compris que perdre sa tête était un moyen définitif d'en finir. Pourtant, une étincelle de non-mort s'accrochait à cette engeance de démon que j'étais devenu.

Ces brutes épaisses connaissaient les limites. Ils n'avaient pas le droit de nous éliminer, sous peine d'en découdre eux-mêmes avec leur maître. Ces charognes se tenaient admirablement bien à carreau. Ils étaient les rois du zèle sans trop se fatiguer avec les basses besognes. Ces dernières nous étaient réservées à nous, les petits soumis, comme ils nous appelaient.

Nous étions un peu plus d'une dizaine à les servir, leur ramener des proies ou faire le nettoyage pendant qu'ils profitaient des charmes de l'éternité comme ils disaient.

L'éternité ?! Je n'osais y croire.

Comment une telle abomination était-elle possible ?

Allais-je vivre comme cela pour toujours ?

Une telle pensée me mettait dans un désarroi effroyable et me faisait trembler de la tête aux pieds. J'en avais honte. Je ne faisais honneur ni à mon nom, ni à mon titre.

Le comte de Bolay s'était définitivement éteint. Quand j'étais seul, j'étais le petit soumis, comme tous les autres. En groupe, j'étais Boucles Blondes. Léonard avait définitivement disparu.

D'ailleurs, j'étais habillé comme un sans-culotte. La bande de soumis que nous étions était composée de membres de tout âge et de tout rang, des gentilshommes pour la plupart. Je ne sais pas trop comment nous étions choisis. Une chose est sûre, nous étions plus grands et plus musclés une fois vampyres. Nos nouveaux gabarits n'étaient pas très répandus. Alors, deux d'entre nous étaient chargés de récupérer des effets plus adaptés. Moi-même, même si j'avais été bien bâti avant, je ne pouvais plus porter ma garde-robe.

— Que t'a-t-il fait ? demandai-je, inquiet, à Gustave.

— Il m'a quasiment vidé de mon sang, chuchota mon nouvel ami.

J'écarquillai des yeux horrifiés. Je croyais que ces buveurs de sang ne se nourrissaient que sur les humains. Je regardai autour de moi, de peur que nous soyons surpris.

— Mais pourquoi ?

Gustave ricana devant mon innocence.

— Pour garder sa domination. Il est plus puissant s'il boit du sang de vampyres... Enfin, c'est bientôt fini pour moi !

Je fus estomaqué par cette information. Puis soudain, je pris conscience de ses derniers mots. Que voulait-il dire exactement ?

— Tu vas te sauver ?! Emmène-moi !

Je l'implorai du regard et pressai son poignet, de crainte qu'il ne parte sans délai et sans moi. Il secoua la tête de droite à gauche, totalement désabusé.

— Non, tu ne comprends pas ! Ils vont bientôt se débarrasser de moi !

— Mais pourquoi ?!

— Parce que je suis le plus vieux des soumis. Ils vont avoir peur que je devienne trop fort. Mon temps est terminé... À la prochaine occasion, je rencontrerai la lumière du soleil et je serai enfin libéré !

J'avais essayé de ne pas fermer ma tombe un matin pour disparaître à jamais. Au dernier moment, mon instinct de démon m'avait fait calfeutrer ma cachette. Je crois bien que je ne pouvais mettre fin à mon état de possédé. Je me sentais trahi par cette nouvelle nature. J'avais encore pleuré à chaudes larmes. J'aurais tellement aimé rejoindre tous ces cadavres que je semais autour de moi.

Je ne dis mot.

Que répondre à Gustave ?

N'était-ce pas enviable comme situation ?

— Je suppose qu'à la prochaine recrue, je disparaîtrai. Le jeune qu'ils ont pris la même nuit que toi n'a pas survécu…

Quelle chance il allait avoir finalement de ne plus souffrir cet enfer. Moi toujours si gai, si positif, je ne me reconnaissais pas. J'étais passé de sanguin à atrabilaire. L'excès de bile noire m'avait envahi. J'étais devenu excessivement triste et morose. Ces problèmes d'humeur que nos médecins résolvaient par de petites saignées ne seraient dorénavant jamais résolus chez moi. Ma transformation avait chamboulé mes humeurs à jamais.

Perdu dans mes pensées amères, je m'étais tu. Épuisé, Gustave ne disait plus rien non plus.

— Allez, les petits soumis, allons faire la fête !

Nous nous relevâmes immédiatement des tombes de mon cimetière. Nous étions souvent assis ici, le seul endroit où on nous laissait tranquilles. Ce lieu me paraissait totalement approprié. Je dormais toujours avec les cadavres de ma famille. Ma foi, la chaleur diurne avait asséché les chairs en décomposition. L'odeur était plus supportable. Pourtant, cette dernière me rassurait, c'était tout ce qui me restait d'eux. J'avais entendu dire que nous quitterions bientôt mon château. L'idée m'était insupportable. J'avais passé toute ma vie ici. Malheureusement, le nombre d'humains trop insuffisant nous obligeait à partir ailleurs. Nous suivions les mouvements des révolutionnaires. Leurs méfaits cachaient les nôtres.

Nous talonnions Dimitri et ses sbires sans poser de questions. Nos méfaits étaient simples : le vol pour nous, le viol pour notre élite. Ils nous laissaient des proies presque mortes pour nous nourrir. J'achevais ma besogne le plus dignement possible en abrégeant les souffrances des humains.

Gustave m'avait expliqué comment manipuler la conscience de nos victimes afin d'adoucir leur fin. Du coup, j'exerçais mon don. Je devenais de plus en plus fort. Cela soulageait un peu ma conscience, enfin, si j'en avais encore une, et allégeait parfois ma mélancolie. Peut-être finalement étais-je devenu un ange des enfers ?

— Alors, Boucles Blondes, toujours pas de don particulier en vue ?

Dimitri me harcelait régulièrement pour en connaître davantage sur mes nouvelles prédispositions vampiriques. Je haussai les épaules. Gustave m'avait mis en garde. Ce dernier était le seul en qui j'avais toute confiance. Il m'avait pris sous son aile et m'expliquait ce qu'il savait au fur et à mesure que nous pouvions parler.

Cet allié avait la capacité de faire croire aux humains qu'ils étaient ailleurs, dans un autre paysage, leur faisant vivre autre chose. Il savait qu'il pouvait dans une certaine mesure influencer les vampyres. Parfois, la bande de soumis que nous étions lui demandait de nous faire passer un moment avec des filles de joie. Je retrouvais Célanie et Alida dans nos ébats, heureux et ivres de plaisir. Évidemment, quand je revenais à moi, j'étais d'une tristesse affligeante. J'avais mis moi-même fin à la vie de Célanie. Alida, quant à elle, était morte dans d'affreuses souffrances sous les crocs de Rakoûl. Il était d'un sadisme à toute épreuve. Les révolutionnaires étaient de piètres tortionnaires à côté de ce dont était capable cette sangsue démoniaque. Je n'imaginais pas Satan faire pire. Finalement, j'avais été soulagé de récupérer la dépouille de mon ancienne amie pour lui offrir une sépulture la plus digne possible.

— Tu es sourd, Boucles Blondes ? Toujours pas de don ?

— Non, mais j'y travaille.

Cela, au moins, était vrai. Gustave m'aidait et je savais que je pouvais agir sur les oreilles de mes congénères. Comment exactement ? Je ne savais pas trop. J'avais arrêté d'exercer mon don au moment où Gustave était tombé par terre, souffrant de nausées après avoir perdu l'équilibre. Il avait ressenti des douleurs poignantes au niveau de la tête et des oreilles. Je l'avais manipulé à sa demande afin qu'il ne gémisse pas. Mon ami avait été déçu que je ne pousse pas les tests jusqu'au bout. Mais j'étais incapable de le faire souffrir.

Gustave m'avait invité à taire ce pouvoir tant que je n'en connaissais pas les limites. De même, il m'avait conseillé de le tester sur les lieutenants, uniquement si j'étais sûr de tous les exterminer ensemble. En l'état actuel des choses, je n'étais sûr de rien et nos tortionnaires étaient si puissants.

Mon ami m'avait raconté qu'à la première connaissance de mon don, Rakoûl choisirait une victime parmi nous pour connaître l'étendue de mes capacités. Cela pouvait aussi bien entraîner l'élimination de la victime que la mienne si mon pouvoir était jugé trop grand ou une menace pour notre maître.

Alors, je préférais me taire dans l'état actuel des choses. J'avais déjà trop de péchés à mon actif. Les soumis subissaient comme moi, ils étaient pour la plupart de bons gars. Je ne voulais pas d'une victime de plus de ma main.

— Très bien ! Rakoûl va finir par s'occuper de toi !

Dimitri ricana et rejoignit la tête de notre groupe. Nous accélérâmes bon train. Mes nouvelles prédispositions me permettaient de courir vite et longtemps. Nous n'avions pas besoin de chevaux ou d'attelage, même si notre maître aimait jouer pour sa part les grands seigneurs.

Avec la Révolution, une nouvelle mesure pour les distances était née : le kilomètre. Je crois bien que nous en étions maintenant à une cinquantaine de mon château. Nous doublâmes l'attelage de Rakoûl et arrivâmes dans un village. Nous n'avions pas encore visité celui-ci. J'enrageais à l'avance des crimes que nous allions commettre.

Gustave posa une main apaisante sur mon bras. Son signe de tête m'encouragea à me détourner du carnage. Nous n'intervenions qu'en dernière intention. Pour faire disparaître toute trace des charognards que nous étions.

Les trois lieutenants étaient puissants, mais pas autant que Rakoûl. Ce dernier entrait dans une maison pour trouver ses proies préférées : les jeunes filles. S'il n'y en avait pas, il laissait la place à ses lieutenants.

— Ce soir, vous transformez ce spectacle en carnage des révolutionnaires !

L'ordre de Dimitri tomba comme un couperet. J'avais horreur de cette option. Je préférais quand je devais creuser pour enterrer les morts ou manipuler les humains afin qu'ils oublient. J'étais friand de cette nouvelle technique car je progressais à chaque fois, adoucissant un peu plus le sort des malheureux que nous rencontrions.

Le ballet funeste commença. Nous attendîmes le feu vert pour intervenir.

Rakoûl, en tête, avait le choix du roi. Il donnait ses instructions à ses lieutenants en sortant. Ces derniers commettaient tous les actes abjects qu'ils désiraient. Ils empêchaient leurs proies de crier afin de ne pas donner l'alerte. En bons princes, ils nous laissaient ensuite la place.

Gustave et moi nous nourrissions des humains trop endommagés et condamnés à une mort certaine. Puis nous camouflions le tout selon les désirs de nos maîtres sanguinaires. Nous n'avions ni guillotine ni arme à feu afin de ne pas faire de bruit. Nous n'avions besoin d'aucune arme pour nous défendre. Nous étions un essaim mortel qui pouvait tout raser sur son passage. Ce soir, nous usâmes principalement de la corde et du couteau. L'égorgement camouflait plus sûrement les traces de crocs, même si nos victimes étaient déjà quasiment exsangues.

Je rentrai encore plus mal que d'habitude, en traînant des pieds. La dépression me guettait. J'avais trop de bile noire. Je me renfermai dans mon tombeau dès que possible pour tenter d'oublier ce cauchemar. Mon absence de jour n'était qu'un trou noir salvateur.

À peine réveillé le lendemain, je fus traîné devant Rakoûl.

7 – Mortelle rencontre

Dimitri en profita pour me passer une rouste pour se soulager, prétextant que je n'allais pas assez vite. Je n'allais jamais voir le maître de gaieté de cœur. Les deux autres lieutenants nous observaient en ricanant. Cependant, ils étaient là davantage pour être sûrs que je ne me rebelle pas.

Quand je me relevai, je distinguai la trace de deux crocs dans le cou de Dimitri. Je ricanai intérieurement qu'il ait eu droit au même traitement que les soumis alors qu'il était le premier à glorifier son maître de pacotille. Néanmoins, son air mauvais me fit baisser les yeux. J'essuyai le sang qui s'écoulait de ma bouche et passai devant lui.

Ce n'était pas la première fois que j'étais traîné dès mon réveil auprès du maître. J'étais devenu un habitué des saignées. J'avais espéré que ces dernières réduiraient ma mélancolie. Il fallait croire que la bile noire ne diminuait pas dans mon corps, m'embrumant l'esprit en permanence dans une bulle de mélancolie. Je fermais mes oreilles continuellement maintenant afin de ne plus être gêné par un brouhaha ambiant, empli de cymbales désordonnées.

En fait, soixante-dix ans avaient passé à ce train d'enfer. Gustave avait disparu depuis bien longtemps. Je transformais nos nouveaux vampyres en anges des enfers. Je leur montrais comment nous pouvions aider les humains à partir en paix. Pour nos recrues qui avaient été spectatrices de la mort de leurs bien-aimés, c'était en quelque sorte une rédemption.

J'étais devenu un fin manipulateur.

Malheureusement, ce don commençait à être très mal vu par les lieutenants et Rakoûl. Ils craignaient que je ne transforme leurs vampyres en agneaux trop tendres. Je poussais parfois loin mes traitements, espérant qu'ils m'éliminent, mais non. J'étais toujours là, brebis égarée, à prier Dieu pour qu'il me laisse pénétrer au paradis en corrigeant autant que possible mes péchés. Je cherchais désespérément le pardon.

Je restais enfermé dans ce spleen qui naissait au travers de toute l'Europe. J'étais friand des ouvrages de poésie que je pouvais trouver sur mon passage. Je dévorais Baudelaire, comprenant fort bien *Les Limbes* : son spleen résonnait si fort avec le mien. Je vibrais en le lisant, même si les larmes brouillaient régulièrement ma lecture. Je connaissais ses vers maintenant par cœur. Les siens rongeaient mon palpitant, je restais persuadé que je n'avais plus d'âme.

J'allais probablement encore subir une saignée avant un événement important. Je ressentais, tout comme Gustave avant moi, que ma fin était proche.

— Alors, Boucles Blondes, toujours pas de don ?!

Le ton caverneux de Rakoûl m'indiquait toute la déception et le mépris qu'il avait pour moi.

— Non, Maître.

Je baissais la tête comme il se devait pendant que les trois lieutenants restaient postés autour de moi, l'air revanchard.

— Approche !

Je m'avançai vers son trône grotesque. Nous avions quitté mon château depuis belle lurette. Nous n'étions plus retournés dans ma région natale. Je considérais que je n'avais plus de biens, ni d'attaches.

Rakoûl m'attrapa par la nuque. Je me baissai davantage afin que mon cou effleure ses crocs, raclant ma peau blafarde. Ce n'était qu'un mauvais moment à passer. Je considérais qu'il accélérerait mon pardon. Ce buveur de sang me huma et souffla à mon oreille.

— Ton sang est parfait... Tu devrais avoir un grand pouvoir... Soit tu me mens, soit je me trompe... Dans les deux cas, tu ne mérites plus d'être avec nous.

J'écarquillai les yeux. L'heure de ma vraie mort avait-elle enfin sonné ?

Je n'eus pas le temps d'y réfléchir. La morsure qu'il m'infligea fut si douloureuse que j'étouffai un cri. Je subis encore, le laissant boire mon sang à grandes goulées. Je sentais ce fluide vital me quitter. Il but tellement que mes yeux pétillèrent de points noirs. Pourvu qu'il me saigne définitivement !

Malheureusement, je n'eus pas cette chance. Je m'écroulai à ses pieds, tout fébrile.

— Allons-y ! grogna Rakoûl en me poussant de sa botte comme si je gênais son passage.

Un des lieutenants m'attrapa le bras pour me remettre sur mes pieds. Je n'avais pas d'autre choix que de suivre. Même si je titubais pour l'instant, je savais que dans quelques minutes, je serais de nouveau en meilleur état. Les démons que nous étions pouvions nous régénérer de manière extraordinaire. Nous étions même très coriaces à éliminer.

Une fois tout notre clan réuni, notre maître prit la parole.

— Nous avons un rendez-vous important ce soir ! Il pourrait même remettre en cause notre survie...

Tous baissèrent la tête, excepté nos bourreaux.

— Une délégation du Masque Noir est de nouveau dans la région. Nous devons montrer à ce grand homme que nous sommes toujours aussi puissants et que ce territoire nous appartient...

Je n'avais jamais vu ce Masque Noir, mais son existence était légendaire. Tantôt humain, vampyre ou loup-garou, ce personnage changeait continuellement d'identité. Pourtant, son clan était une véritable organisation. Cette famille avait réussi à créer une dynastie pluricentenaire, avec de gros moyens. Elle s'était approprié le trafic

68

d'opium sur bien des continents. Ces créatures savaient voyager et étaient difficiles en négociation. Elles étaient aussi fourbes que notre maître. Je n'avais connu qu'une entrevue depuis que j'étais un démon sanguinaire. Néanmoins, n'étant qu'un larbin, j'avais été tenu à l'écart. J'avais cru à un mythe quand les lieutenants nous en parlaient pour nous convaincre que Rakoûl était bien meilleur maître qu'il n'y paraissait. J'allais enfin connaître la vérité.

— Je dois bien avouer que je l'ai roulé… J'avais promis à notre dernier rendez-vous de lui trouver de l'or… Malheureusement, le temps a passé bien trop vite et comment dire ? Je l'ai dépensé… Oups.

Son comportement de coquin pour nous détendre ne fit que nous stresser davantage. Ce soir, nous aurions des comptes à rendre. J'étais partagé entre me laisser mourir lors de cet affrontement et poursuivre ma quête de rédemption. Finalement, m'étais-je assez repenti ?

Je soupirai de fatigue. Je n'eus pas le temps de m'appesantir davantage sur mon sort.

— Envolons-nous !

L'air devint lourd et Rakoûl fut le premier transformé. Il s'élevait déjà, attendant qu'on le rejoigne. Les soumis obéirent. Je tentai de résister à l'appel de mon maître. Je soufflai d'exaspération quand les lieutenants commencèrent à me menacer de leur regard cruel.

En moins de temps qu'il en faut pour le dire, je m'envolai moi-même. Dans cet état comme dans

l'autre, il n'était pas possible de fuir. La difficulté
était notre lien de sang. Rakoûl nous buvait tant
et si bien qu'il avait juste à nous rappeler et nous
revenions vers lui comme de gentils toutous.
Même en chauve-souris, son emprise était totale.
Il usait de son lien afin que nous le suivions.

Je profitai de ce moment pour planer. C'était
peut-être l'état que j'aimais le mieux finalement.
Fini le sang, je pouvais me nourrir d'insectes sans
faire de mal à aucun humain.

Nous nous posâmes aux abords d'une clairière
loin de tout. C'était l'automne. Les arbres nus
invitaient à une ambiance lugubre, presque cauchemardesque. Leurs branches pointues
s'élançaient sous le clair de lune. Cette dernière,
pleine, faisait briller ces piques comme si des
pointes d'épées n'attendaient que des corps pour
s'empaler. J'avais de grands espoirs pour cette
nuit. Pourvu qu'elle me soit funeste.

À peine nos deux pieds retrouvés, je sentis une
odeur forte de loup et d'urine. Cette puanteur
pénétrait mes narines délicates. Je soufflai pour
extraire cette pestilence abjecte. Encore des créatures démoniaques qui n'avaient rien à envier aux
vampyres. Je rechignais à être complice
d'atrocités encore plus grandes que celles que je
commettais déjà. Je soupirai de contrariété : je
n'avais pas le choix, le lien du sang m'y cont-
raindrait.

Nous étions tous nus. Nos muscles proémi-
nents brillaient sous la lueur lunaire. Le parfait
métabolisme démoniaque mettait en valeur notre

surpuissance. Écœuré, je détournai la tête. Le pire était que nous étions magnifiques. J'avais pu m'acoquiner régulièrement avec de jolies humaines. Aucune ne pouvait résister à nos charmes. J'y prenais beaucoup de plaisir sur le moment. Le doute m'assaillait ensuite douloureusement. Même si les nuits étaient fraîches, nous n'avions pas froid. Notre corps régulait naturellement notre température.

— Restez là, mes petits soumis... Vous, venez !

Les trois lieutenants suivirent le maître. Ce dernier nous inviterait à le rejoindre en cas de besoin et nous ne pourrions pas résister à son appel. En attendant, notre maître était friand de secrets.

— Léonard, as-tu déjà vu les loups-garous ?

Ce jeune tremblait de peur. Étant le plus vieux et les accompagnant dans leur nouvelle non-mort, j'étais en quelque sorte devenu leur référent. Je dois bien avouer que ce rôle me mettait du baume au cœur. Je m'étais découvert une nature de meneur. C'était le seul moment où je retrouvais un peu de gaieté qui me rappelait mon caractère d'antan. Je n'en avais pas pris conscience quand j'étais le jeune comte de Bolay. Pourtant, quand j'y réfléchissais, tous les projets que je mettais en place pour sauver notre domaine familial en avaient été la preuve.

— Malheureusement, non ! Je ne sais pas à quoi nous avons affaire !

Mais connaissant Rakoûl et ses manigances, je m'attendais au pire. Il était le premier à ne pas respecter les traités qu'il mettait en place avec les autres clans de vampyres. Il était le premier à rompre les accords, nous mettant dans des difficultés mortelles. Nous perdions systématiquement des soumis. Moins expérimentés, ils n'avaient pas conscience de leur force et de leur capacité au combat. Ce soir, nous en perdrions encore. Si quelques lieutenants pouvaient y rester aussi...

Tout à coup, un hurlement s'éleva dans les airs. Facilement reconnaissable : cela ne pouvait être qu'un loup. Un concert s'éleva à sa suite. Mes poils se hérissèrent instinctivement comme si j'étais face à mon pire ennemi. Je n'avais pas encore croisé de prédateur pour ce que j'étais devenu. Le loup-garou en était-il un ? Clairement, ce n'était pas une simple colonie de louveteaux qui se promenait dans cette forêt cette nuit-là.

Les plus jeunes d'entre nous reculèrent. Mon instinct de protection me fit serrer les poings et je me glissai naturellement devant eux pour les protéger. Ces pauvres bougres, tout comme moi, n'avaient rien demandé.

Soudain, le lien de sang arriva comme une flèche tirée dans notre cœur. Je serrai les mâchoires pour m'y soustraire et rompre ce lien maléfique, tentant de garder ma raison. Nous n'étions que de la chair à canon pour Rakoûl. Il nous donnerait en pâture si c'était la seule solution pour se sauver.

Les soumis me dépassèrent, allant droit vers leur destin. Comme je ne pouvais m'extraire de cet enchaînement sanguin, mes pieds avancèrent. Malgré moi, je me précipitai dans ce qui était probablement un piège.

Nous arrivâmes au centre d'une forêt clairsemée. J'analysai rapidement la situation. Rakoûl tenait une bête monstrueuse par le cou. Elle était aussi grande que lui ; une tête de loup en émergeait. La poigne de mon maître était telle que cette abomination couinait de souffrance. Elle ouvrait grand la gueule, montrant des crocs gros comme mes doigts. Elle suffoquait sous le regard acéré de mon maître.

Je tressaillis quand des grognements m'alertèrent. Un loup venait tranquillement vers moi, sûr de lui, sur ses quatre pattes. J'eus à peine le temps d'apercevoir Dimitri à terre, en sang. Pourvu qu'il soit définitivement mort.

Le loup m'arrivait à la taille. Il me menaçait de ses crocs. Je me mis en garde. Je ne me laisserais pas dévorer. Un bruissement souffla derrière moi. Je n'eus pas le temps de réagir qu'un bras d'une blancheur mortelle comme le mien passa sur mon cou.

Un crac retentit. Je m'écroulai par terre, les os de la nuque brisés. J'étais paralysé, incapable de bouger. Mon corps ne me répondait plus.

— Laisse-le, nous viendrons l'achever tout à l'heure, ordonna dans un souffle celui qui m'avait mis hors jeu.

Tout se passa dans un déluge de violence. Ma tête était tombée sur un côté. Mes yeux grands ouverts virent des soumis tomber en cendres, un pieu enfoncé dans le cœur. Rakoûl fit beaucoup de dégâts à lui seul dans le clan adverse.

Puis, je me désintéressai totalement de ce qui se passait. Je fermai totalement mes oreilles. Ne pouvant pas tourner la tête, je me contentai de bouger les yeux vers le ciel.

Peut-être était-ce déjà la fin ?

J'observais les cimes des arbres, les étoiles scintillantes. Il me semblait qu'il commençait à geler. J'entrevoyais l'humidité se cristallisant au-dessus de moi. Je profitais de ce spectacle. Finalement, c'était une belle nuit pour mourir. Si cette dernière était assez avancée, les premières lueurs du soleil me cueilleraient.

Soudain, l'agitation cessa brusquement autour de moi. J'ouvris une oreille par réflexe.

— Les sabres arrivent !

Tous s'envolèrent. Je me crispai, malgré moi.

8 – Rencontre majestueuse

Un visage apparut dans mon champ de vision. Des yeux noirs comme je n'en avais jamais vu. Un drôle de chignon dépassait du haut de sa tête. Je devais divaguer devant cette coiffure si bien peignée. Pas un seul cheveu ne dépassait.

Une lame pleine de sang passa devant mon œil, m'alertant d'un nouveau danger. J'aurais bien frémi si mon corps m'avait obéi. Un guerrier, à n'en pas douter. Je n'avais jamais vu une telle prestance. En revanche, sa bouche pincée ne me disait rien qui vaille.

Je revins à son regard pénétrant.

Étaient-ce les yeux des enfers pour qu'ils soient comme deux grands puits sans fond ?

Je me sentais hypnotisé.

Peut-être était-ce le gardien du paradis ?

Avec un peu de chance, il était là pour m'ouvrir ses portes. Je poussai malgré moi un soupir de soulagement. J'étais presque en état de béatitude. Bien sûr, il fallait que j'oublie que je ne sentais plus mon corps. Mais je ne souffrais pas.

La main du guerrier passa devant mon visage.

Un instant pendant lequel je ne le vis plus. Quand le visage réapparut, son sourire mit en évidence deux crocs pointus scintillants. Je fronçai les sourcils, car, vraisemblablement, ce n'était pas le gardien du paradis, à moins que ces démons l'aient infesté, telle la vermine que j'étais. Encore un vampyre.

— Vous avez perdu beaucoup de sang...

Le ton du guerrier était neutre, son regard impassible. Je ne me souvenais pas avoir été blessé. Tant mieux, j'étais en route pour mon extinction définitive.

— ... mais vous méritez de vivre.

J'étais confus devant une telle conclusion. Autour de moi, l'agitation avait complètement cessé. Des bruissements légers m'indiquaient que nous n'étions pas seuls. Les formes bougeaient en silence et petit à petit le moindre des gémissements se taisait définitivement.

Le guerrier mordit son poignet et le posa sur ma bouche. J'allais protester mais mon donneur ferma les yeux comme si la chose était entendue. Je connaissais la problématique des liens du sang.

À qui allais-je faire allégeance ?

Mon enfer serait-il pire encore ?

— Buvez ! Si je vous laisse là, vous mourrez. Votre clan est parti, pour ce qu'il en reste... Je lis en vous, je connais déjà vos valeurs, vous pouvez continuer à faire le bien et même plus encore...

Que racontait-il ?

Était-il le Masque Noir ?

Rakoûl nous avait-il gardés dans l'erreur ? Ce fourbe en était bien capable.

Il devait être sous l'influence de l'opium lui aussi pour débiter de telles sornettes. Malgré tout, je bus ce nectar qu'il me donnait. Je renouai instantanément avec la musique. J'écarquillai les yeux plus grands pour découvrir où était installé cet orchestre symphonique.

— Nul orchestre dans les parages, répondit le vampyre à mes interrogations muettes.

Il lit vraiment dans mes pensées ?

— Oui !

J'étais interloqué alors que son ton restait impassible. Quelle maîtrise ! Cette capacité m'invitait à penser que j'avais peut-être affaire à un monstre plus puissant encore que ce terrible Rakoûl.

— Je ne suis pas un monstre, ni un Masque Noir... Ils ont tous fui... Enfin, pour ceux qui en étaient capables. Vous êtes maintenant le seul survivant.

Je n'osais me demander s'il avait fait lui-même de nombreuses victimes.

— Nous avons effectivement fait le tri. Vous étiez le dernier à être évalué...

Je préférai taire toutes mes interrogations.

Je me contentai d'avaler son élixir de vie. Je n'avais jamais bu aussi paisiblement. C'était à la fois agréable et affolant. Ce guerrier avait une force intérieure telle qu'elle éclatait autour de lui et m'imprégnait profondément. Je n'avais jamais vu tant de majesté dans ce monde des ténèbres.

Du peu que j'avais vu des loups-garous, leur sort ne me paraissait pas plus enviable. Ils n'étaient eux aussi que des marionnettes au service du Masque Noir.

Mais pour l'heure, je sentais une grande paix intérieure m'envahir. Mon esprit était de plus en plus engourdi sous cette puissance sanguine qui irradiait en moi, autour de moi... Je ne savais plus trop.

Comment était-ce possible alors qu'il n'était qu'un démon, un buveur de sang comme moi ?

Soudain, je pris conscience que mon pied bougeait et que j'en avais repris le contrôle. Mes mouvements n'échappèrent pas à ce guerrier. Des fourmillements agitaient le bas de mon corps, comme si l'énergie vitale s'en emparait à nouveau.

— Vous avez beaucoup à apprendre... Vous avez assez bu !

Il retira son poignet qui cicatrisa instantanément sous mon air estomaqué. Il m'observait toujours intensément.

— Vous avez un prénom ?

Ma bouche pâteuse était encore engourdie. Ma langue, pleine de ce nectar divin, était gonflée de plaisir. Je n'étais pas sûr d'avoir retrouvé la parole.

— Boucles... Blondes... soufflai-je.

— Ce n'est pas un prénom.

Son regard soucieux me braqua pour mieux me comprendre. Voyait-il tous les sévices que j'avais vécus, tous les rabaissements de Rakoûl et de ses lieutenants ? Quelque part, je me sentais brisé. Pourrais-je un jour être réparé ?

Je me trouvai vraiment idiot quand je réalisai ce que j'avais à peine chuchoté. Il risquait finalement de m'enlever la vie s'il pensait avoir affaire à un benêt.

— Lé-o-nard, réussis-je à articuler au prix de gros efforts.

— Bien !

— Comte de Bolay, je vous suis redevable !

Il eut pour seule réponse un mince sourire. L'honneur avait été très important pour moi, par le passé, même si j'avais tenté de me racheter ces dernières décennies.

Le chant de l'orchestre symphonique était tout aussi paisible. Je n'avais plus entendu une si belle mélodie depuis que j'avais été transformé en démon. Quand j'étais encore ce jeune humain, j'allais régulièrement à l'opéra de Bordeaux. En fin musicien, j'adorais cela.

— Vous avez un don exceptionnel avec votre ouïe, conclut le vampyre.

Je le regardai, interdit. Que racontait-il ?

— Vous n'entendiez pas de la musique dans votre clan ? insista-t-il.

J'étais confus. Les sons que j'entendais de la part de Rakoûl ou ses abominations étaient chaotiques, tonitruants. J'avais préféré me fermer. Je pensais que nous avions tous cette capacité.

— Non, admit le vampyre, il conviendra de creuser ce don pour en connaître les limites.

Je le regardai, interrogateur. Et si j'étais trop dangereux ? Je réalisai soudain que quitte à mourir, autant en découvrir davantage. Ce vampyre lisait au plus profond de moi comme dans un livre ouvert, c'en était terriblement gênant. Je n'osais plus penser.

— Sensei, nous devons partir !

Un autre vampyre apparut dans mon champ de vision. Je tentai de me relever, en vain.

— Miguel, ramasse celui-ci, les autres ne pouvaient nous rejoindre ! Nous le présenterons à notre Maître dès que possible !

— Oui, Sensei !

— Les corps de loups ont disparu ?

— Oui, Sensei, il ne reste que les vampyres.

Il y avait un tel respect dans la voix de celui-ci que c'en était grisant. J'avais l'impression d'avoir affaire de nouveau à des gentilshommes.

— Ils disparaîtront aux premières lueurs de l'aube. Dépêchons ! ordonna le fameux Sensei en regardant le ciel.

— Oui, Sensei !

Il avait un curieux prénom. Cela dit, je réalisais que même si ce vampyre parlait extrêmement bien ma langue, il n'avait pas les traits de mes compatriotes. J'avais continué de me cultiver autant que possible au fil de mes mésaventures. J'étais friand de musique, de poésie, mais aussi de peinture. Avec la venue du XIXᵉ siècle, tout un monde s'était ouvert à la France. La découverte de l'Asie, et plus particulièrement de la Chine, puis du Japon, avait fait apparaître dans les journaux de nouveaux portraits. Sensei avait les traits de ces personnes. En revanche, je n'aurais su reconnaître son origine exactement.

Je comprenais mieux pourquoi la Chine apparaissait dans notre vie tout à coup. L'opium n'y était pas étranger. J'avais croisé de plus en plus de pauvres gens sous son emprise. Cette plante venait tout droit de Chine et se répandait comme une traînée de poudre dans les salons des intellectuels.

Le fameux Miguel me balança sur son épaule. Une douleur à l'abdomen me prit par surprise et je poussai un cri. J'étais bel et bien blessé.

— Je vais marcher ! soufflai-je au milieu des grognements dus à ma blessure, espérant ainsi moins souffrir.

— Impossible, Léonard, vos vertèbres sont toujours sectionnées. Le voyage va être désagréable mais avec mon sang, tout ira mieux la nuit prochaine.

Ayant retrouvé l'usage de mes doigts, je me cramponnai au bas du dos de mon porteur en m'agrippant à sa drôle de veste comme je pouvais. Ce guerrier était costaud et tout habillé de cuir. La texture en semblait épaisse et très résistante. Le contact sur ma peau nue était agréable.

Je ne pouvais que subir, brinquebalé sur cette épaule robuste. Je me demandais bien ce que j'allais encore vivre et à qui j'allais devoir me soumettre. Aussi bien chez les humains que les vampyres, une hiérarchie s'imposait et je ne pourrais pas y échapper.

D'autres musiques apparurent et se firent plus nettes en moi. Des partitions enjouées pour la plupart, qui me firent sourire. J'étais entouré de vampyres.

— Mettez-vous à l'abri ! tonna Sensei.

Soudain, l'agitation s'intensifia autour de moi. Des chauves-souris volèrent autour de nous puis disparurent. Il m'était impossible de tourner la tête. Le trajet fut court. Miguel se mit à courir. La douleur augmenta en moi comme mille flèches qui me transperçaient. J'arrivais difficilement à garder la raison. Je n'avais qu'une vague conscience de Sensei qui courait à nos côtés. La vitesse était trop rapide et je craignais de vomir. Tout à coup, ce fut le trou noir et je disparus.

***

Je me réveillai le lendemain dans une cave sous une couverture. Le fameux Miguel était là, à attendre que je reprenne connaissance. Il lisait tranquillement un recueil de poésie dans l'obscurité. Notre capacité à voir la nuit était très utile.

— J'aime moi aussi Baudelaire, dis-je, espérant trouver un allié.

Miguel me sourit en retour.

— Comment allez-vous ce soir, Léonard ?

Je me relevai, m'assis sur cette paillasse de fortune. Nous n'avions besoin d'aucun confort particulier, hormis une obscurité totale. Chaque matin, j'avais la sensation de disparaître, tellement je n'avais plus la conscience de mon corps ou de mon esprit. Chaque soir, je renaissais comme par enchantement, toutes mes blessures réparées. Soudain me revint en mémoire le magnifique Sensei. Quel âge avait-il ? Il se dégageait de lui une telle prestance majestueuse que j'avais eu l'impression de découvrir un nouveau monde. Il semblait avoir tellement de maîtrise et d'expérience. Il me faisait penser aux dieux de la mythologie.

— Sommes-nous éternels ? demandai-je.

Avec Rakoûl, nous ne vivions que la durée qu'il nous avait accordée.

Miguel sourit chaleureusement.

— Je ne sais pas trop. Je ne connais pas de vampyre mort de vieillesse. Certains d'entre nous sont très vieux !

Son ton bienveillant m'amenait tout un tas de questions.

— Vous avez de quoi vous laver, là... et une tenue. Ne faisons pas attendre Sensei.

Je me mis sur mes deux pieds et constatai que j'avais retrouvé toute ma vitalité. Je me dépêchai de m'apprêter puis suivis mon guide. Je n'avais pas peur, je me sentais serein. Tout à coup, je jugeais que j'étais enfin bien accompagné.

En passant la porte, je découvris un tunnel qui desservait d'autres caves. Quelques-unes d'entre elles étaient ouvertes et montraient des lits avec plus ou moins d'ameublement. Ce clan de vampyres semblait installé confortablement. Nous montâmes un escalier en colimaçon dont les marches élimées avaient connu bien des passages. Elles s'affaissaient au milieu, formant un léger

creux. La pierre patinée n'en était que plus lust-
rée. Je reconnaissais les fondations d'un vieux
château médiéval.

Miguel ouvrit une porte dérobée et je me retrouvai soudain dans une vaste cour de citadelle.
Quelle ne fut pas ma surprise de découvrir tous
ces guerriers en train de combattre au sabre.
Leurs rugissements sonnaient davantage comme
des cris de guerre.

Se donnaient-ils du courage ?

Étaient-ils en danger ?

Les lames claquaient dans des étincelles foud-
royantes. Leur adresse et leur vitesse étaient difficiles à suivre.

Soudain, un beuglement d'effroi attira mon attention. Ce que je découvris me glaça le sang.
Sensei tenait un autre vampyre par le tranchant
de sa lame. Il suffisait qu'il bouge à peine pour
décapiter sa victime.

Était-ce une exécution ?

9 – Une nouvelle vie

Je n'osais plus bouger devant ce terrible spectacle. Sensei avait un regard tellement féroce, sa lame aiguisée brillait tellement intensément sous le clair de lune que je craignais que le moindre mouvement décapite ce vampyre. Une larme de sang coulait dans son cou. Sa non-mort ne tenait plus qu'à un fil. Sensei était si vif que je n'étais pas sûr de voir le dernier coup porté. Je fermai les yeux. Je ne voulais pas voir la tête de ce combattant rouler. Je ne voulais plus de ces atrocités.

Autour de nous, tous s'étaient tus. Aucun son, aucun mouvement, on aurait dit que le temps s'était arrêté.

Sensei ne lâchait pas son air déterminé et féroce. Son adversaire écarquillait les yeux de surprise sous ce coup porté.

— Bravo, Adrien ! s'exclama soudain Sensei.

J'ouvris un œil de crainte de ce que j'allais découvrir.

Les deux guerriers se serraient la main avec respect. Adrien ne semblait pas en vouloir à son assaillant. Bien au contraire, il se pencha pour le saluer, il se prosternait même devant ce maître d'armes.

— Vous y avez cru, n'est-ce pas, Léonard !

Miguel me donna une grande claque dans le dos. Je le regardai, totalement ahuri devant la bévue que j'avais commise. Il semblerait que ce chef, Sensei, n'éliminait pas ses recrues à tour de bras comme avait pu le faire Rakoûl.

Je souris timidement devant ma propre bêtise. J'étais perdu. Les combats reprirent avec entrain et bonne humeur.

Miguel et moi étions toujours sur le parvis qui surplombait la cour. J'admirais ce terrible spectacle. Je ne pouvais d'ailleurs pas détacher mes yeux de Sensei. Il se battait avec une vélocité que je n'avais jamais vue. Il était si rapide que je ne voyais pas l'ensemble de ses mouvements. Il portait une grande jupe longue qui dansait autour de lui harmonieusement à chacun de ses pas. Cela me rappelait les quelques ballets que j'avais pu admirer il y avait bien longtemps, sauf qu'à cette époque, seules les femmes portaient des robes. Je ne connaissais pas ce type de vêtements pour les hommes. Le rendu était admirable. La noblesse de ses traits était accentuée avec cette tenue majestueuse. En revanche, ses mouvements étaient si vifs que je voyais où sa lame s'arrêtait, sans jamais discerner d'où elle venait. À chaque fois, il aurait pu tuer.

— Qu'est-ce donc ? demandai-je à Miguel.
— Quoi donc ?
— Ce style de combat au sabre ?

— Sensei est un samouraï, il nous a appris à combattre avec honneur. Nous sommes devenus de redoutables combattants grâce à lui.

Tant de fierté dans le regard de Miguel envers son maître me prodigua un grand plaisir.

— Ses effets sont ceux d'un samouraï ?

— Bien sûr, c'est un kimono de combat. Eiirin conserve ses traditions.

— Eiirin ?

— Oui, Eiirin est son prénom. Sensei est un titre honorifique au Japon. Il est le second de notre maître Alrik. Vous ferez bientôt sa connaissance.

Je me raidis sous cette affirmation.

— Ne vous inquiétez pas, Léonard. Nos maîtres sont des hommes d'honneur. Si vous respectez nos règles, il ne vous arrivera rien.

Ses mots ne me détendirent pas. Avec Rakoûl aussi il fallait respecter ses horribles règles. Que d'abominations j'avais pu commettre !

— Pourquoi Sensei m'a-t-il sauvé ?

Miguel haussa les épaules en signe d'incompréhension.

— Lui seul le sait ! Mais nous avons toute confiance en nos maîtres, ils se trompent rarement.

Je n'étais qu'à moitié soulagé car cela signifiait qu'il avait dû éliminer des vampyres après coup. Je me résignai. Ces combattants avaient l'air valeureux. Qu'est-ce que je risquais de pire finalement ?

Soudain, Sensei sortit de la zone de combat. Tous se tournèrent pour être derrière lui. Ils s'alignèrent entre eux en un clin d'œil, formant des rangées parfaitement équilibrées. Le samouraï tonna un drôle de cri guttural, que tous répétèrent.

J'écarquillai les yeux de surprise.

— Le « kiai » est un cri de rassemblement pour porter l'énergie, l'âme, l'esprit... m'expliqua Miguel.

J'étais choqué.

— Avons-nous encore une âme ?

Miguel me regarda, surpris. C'était comme si nous avions vécu dans des pays à l'opposé l'un de l'autre. Ce nouvel allié, avec ses cheveux bruns, ses yeux noirs, avait totalement le style des conquistadors espagnols. Je réalisai soudain qu'il était probablement déjà âgé, même s'il ne semblait avoir qu'une trentaine d'années.

— Et pourquoi, n'aurions-nous plus d'âme ? demanda-t-il avec une totale bienveillance.

Il avait une ouverture d'esprit dont je n'avais pas l'habitude. En grandissant, j'avais vu mon père devenir ferme, voire rigide dans certains domaines. Rakoûl ne parlait que des ténèbres dont il était le maître. Voyant que j'étais totalement perturbé, mon compagnon enchaîna.

— Si nous, nous n'avons pas d'âme, je crains que les hommes n'en aient pas non plus. Nous sommes bien meilleurs que beaucoup d'entre eux... Nous vivons avec le bushido.

— Qu'est-ce donc ?

J'étais soudain avide de connaissance. J'avais facilement volé les ouvrages de poésie que je trouvais, notamment ceux de Baudelaire. Malheureusement, ces derniers me gardaient dans des idées sombres où je me sentais totalement perdu, n'attendant que la mort pour être libéré. Soudain, je retrouvais ma soif de vivre. La gaieté m'envahissait à nouveau. Un vague souvenir de mon ancienne humanité surgissait de nulle part, ne demandant qu'à se répandre en moi.

— Sensei nous a enseigné le code d'honneur des samouraïs. Je me rappelle encore quand j'avais accompagné Alrik au Japon. Il était en quête de nouvelles croyances... Je crois bien qu'il était lui-même un peu perdu... J'étais un très jeune vampyre mais j'ai suivi notre maître comme un père. Nous avons découvert rapidement Eiirin. Il semblait un joyau au milieu des samouraïs...

Miguel était perdu dans ses pensées, un sourire aux lèvres. Il faisait plaisir à voir. Alors, il existait de bons maîtres vampyres ?

— Toujours est-il qu'Alrik a sauvé la vie d'Eiirin et l'a vampirisé. En général, il nous choisit, non seulement pour les capacités qu'il détecte en nous, mais aussi pour le mode de vie que nous avons... Il me fait parfois penser à un collectionneur.

Je buvais les paroles de Miguel. À ces derniers mots, je me tournai de nouveau pour admirer cette assemblée. Alors, je pouvais supposer avoir affaire à des êtres d'exception. Je me sentais soudain tout guilleret.

— Je suis prêt à apprendre moi aussi !

— Vous devrez apprendre les règles. Nous défendons sept vertus avec acharnement. Eiirin ne laisse rien passer.

Je hochai la tête pour signifier que j'étais prêt.

— La droiture, le courage, la bienveillance, la politesse, l'honnêteté, l'honneur et la loyauté.

Je fronçai soudain les sourcils, prenant conscience que ce ne serait pas une partie de plaisir. Je songeai alors à mon père, toutes ces valeurs qu'il avait voulu m'inculquer. Bien sûr que je les respectais, cependant en grandissant, mon paternel me trouvait bien trop frivole.

Miguel éclata de rire devant mon air embarrassé.

— Lisez-vous dans les pensées vous aussi ?

— Non, c'est réservé à Eiirin. Je ne connais pas d'autre vampyre capable d'un tel exploit.

J'étais soulagé. Finalement, suivre scrupuleusement des règles si respectueuses dans un groupe soudé me paraissait soudain appréciable.

D'un seul coup, les bruits cessèrent et tous s'assirent à même le sol en tailleur. Ils fermèrent les yeux et prirent une attitude de recueillement.

— Quel dieu prient-ils ? demandai-je, surpris qu'ils restent à la belle étoile alors que je n'avais connu que les églises et la chapelle familiale pour me recueillir.

Je devais bien avouer que je n'avais pas usé ma chaise de prière. J'avais tendance à y entasser des effets dans la journée et un de nos valets passait régulièrement la libérer selon les exigences de ma mère bien-aimée.

— Chacun prie le dieu qu'il veut. Sensei appelle cela de la méditation. Nous remercions nos dieux ou nos croyances de tout ce que nous avons.

C'était étrange, surprenant même. Je ne savais plus trop quoi penser de tout cela. Malgré tout, je me sentais à l'aise ici et une paix intérieure s'installait en moi. Je devais bien dire que c'était inhabituel et bien plus agréable que la mélancolie ou tous les tourments que je m'étais imposés.

Nous attendîmes patiemment. Comme un seul homme, ils s'étaient tous assis. La nature était peu bruyante à cette saison. Avec le froid, de nombreux insectes avaient disparu ou hibernaient. Au nouveau cri de ce majestueux samouraï, ils se levèrent et se dispersèrent après un dernier salut.

Sensei nous fit signe d'approcher. Il dégaina son sabre et commença à le lustrer avec son chiffon, astiquant la lame avec dévotion. J'imitai Miguel et nous descendîmes enfin les marches. Quel beau spectacle !

Comme Miguel se penchait pour saluer le samouraï, je fis de même. Sensei nous répondit d'un coup de tête cérémonieux.

— Comment allez-vous, Léonard ?

— Très bien, grâce à vous, Sensei !

— Parfait !

— Comme je vous l'ai affirmé, je vous suis redevable, et je me mets à votre entière disposition.

Il répondit d'un simple sourire bienveillant.

— Notre Maître arrive tout à l'heure, c'est auprès de lui qu'il conviendrait de porter allégeance.

Je saluai simplement. Ma foi, j'étais maintenant confiant. Après avoir vu ces honorables guerriers à l'œuvre, je me disais leur maître ne pouvait être que bon.

***

Plus tard dans la nuit, on m'amena à l'étage où se trouvait le maître. Miguel, qui devait être responsable de moi, m'accompagna jusqu'à Eiirin. Je fus surpris de croiser des humains dans le château. Ils semblaient heureux d'être ici sans être manipulés. J'étais de plus en plus étonné au fil de mes découvertes, si bien que je ne vis pas Eiirin se dresser devant nous. Miguel souriait et saluait aussi tous ceux que nous croisions, humains comme vampyres.

— Nous n'avons pas le droit de nous alimenter auprès de ces humains ! m'annonça Sensei.

Je n'avais pas eu le temps de me poser la question et je n'avais pas soif. J'avais parfois eu de longues périodes d'abstinence grâce à Rakoûl...

J'acquiesçai.

— Miguel m'a affirmé que vous étiez intéressé pour rester parmi nous ?

— Oui, Sensei.

Il fallait qu'il me garde auprès d'eux. Je ne pensais pas pouvoir rester seul et je craignais d'être rappelé par Rakoûl. D'ailleurs, il était peut-être mort, s'il ne m'avait pas invité à le rejoindre.

— Vous devez pouvoir sentir si votre maître est encore de ce monde, m'expliqua Sensei.

Je fronçai les sourcils, me demandant comment faire. J'avais plutôt tout fait pour avoir le minimum de lien avec lui.

— Je vous expliquerai plus tard… Je vous ai donné beaucoup de sang, cela agira comme une protection en attendant de porter allégeance à votre futur maître, Alrik.

Je hochai à nouveau la tête. J'étais prêt à tout, pourvu que je sois libéré entièrement de celui qui m'avait engendré.

— Venez !

Nous entrâmes tous les trois dans une vaste pièce. L'ambiance était détendue. Il me semblait qu'une franche camaraderie régnait, mais aussi un profond respect. Une cinquantaine de vampyres étaient présents, ainsi que quelques humains. Il y avait même trois femmes vampyres, je n'en avais jamais vu. Je frémis soudain d'horreur, à l'idée des litres de sang et des vies qui étaient menacées pour assouvir tous ces crocs sanguinaires.

— Nous apprenons à nous tenir. Vous verrez, nous n'avons pas besoin de beaucoup de sang, chuchota Eiirin.

Abasourdi, j'acquiesçai à nouveau. J'étais totalement éberlué.

— Eiirin, mon ami !

Un grand Viking, dont une peau de bête énorme recouvrait les épaules, s'avança vers nous à grands pas. Il prit Eiirin en une accolade tout aussi amicale que respectueuse. Eiirin était très grand et carré d'épaules, nous devions avoir le même gabarit. Cependant, Alrik paraissait énorme à nos côtés et je me sentais soudain minuscule.

— Maître ! salua le samouraï.

— Ah, Eiirin ! Toujours aussi décontracté ! Allez, ce soir, profitons-en pour nous détendre.

— Alrik, je te présente Léonard, le comte de Bolay ! Je me porte garant pour lui !

J'étais aussi bien désarçonné par le tutoiement que par la mémoire qu'il avait de mon titre et mon nom. Ils établirent un contact visuel dans un profond respect. Je devinai qu'ils entretenaient une conversation mentale.

— Parfait ! Si vous êtes prêt à intégrer mon clan, nous allons faire un échange de sang pour conclure ce pacte. Je pense que vous serez mieux avec les miens qu'avec cette crapule de Rakoûl !

Je baignai soudain dans l'euphorie. Il me semblait que tout un nouveau monde s'offrait à moi. Je le suivis pour conclure notre nouvel accord. Quand il se tourna, je vis une tête d'ours pendre dans son dos. L'avait-il lui-même affronté ?

J'étais prêt à faire allégeance contre une nouvelle protection. J'étais loin de me douter du destin que j'avais scellé ce soir-là et des conséquences qu'il en résulterait.

10 – Du sang dans la lumière

Le sang d'Eiirin avait été très puissant pour me guérir et m'assurer une protection. Le sang d'Alrik m'avait carrément recouvert d'un bouclier. J'étais resté un moment dans la peur que mon ancien clan me récupère. Impossible de savoir si beaucoup avaient survécu.

Peur de quitter ces valeureux guerriers.

Peur de perdre l'honneur que j'avais enfin retrouvé.

Eiirin m'avait aidé à tâter le terrain pour savoir si Rakoûl foulait toujours cette terre. J'avais senti ce lien, si sombre, les sons lugubres de mon ancienne vie m'étaient revenus instantanément. J'avais vite coupé court aux tests, rejetant ces vieux souvenirs nauséabonds qui avaient jalonné ma non-mort. Je souhaitais ardemment m'éloigner de tout cela. J'avais définitivement changé d'existence, il était hors de question que je quitte cette communauté.

Je ne dirais pas que le changement avait été facile. L'honneur et la loyauté m'avaient rapidement empli. Concernant le courage et la droiture, c'était plus compliqué. Je n'avais jamais vraiment porté allégeance à Rakoûl. Au contraire, j'avais désobéi dans une petite mesure et dès que possible. Ce dernier ne m'avait gardé auprès de lui que parce qu'il était persuadé que j'avais un grand pouvoir. J'avais passé soixante-dix ans à survivre, à former des anges des enfers, contre l'avis de nos tortionnaires. Malgré tout, j'avais souvent manqué de courage.

Eiirin, étant télépathe, écoutait la moindre de mes pensées. Cela me gênait terriblement au début...

Pourtant, il restait bienveillant. Comment était-ce possible au vu de mes sombres idées ? Il était persuadé que ma noblesse était intacte, que j'étais un parfait gentilhomme. Manquait-il de clairvoyance ? Il m'encourageait à changer de point de vue dès que possible, me montrant systématiquement le meilleur côté des choses. Il insistait sur le fait que ces soixante-dix années de malheur n'avaient été là que pour forger mon esprit, affûter mon honneur. Je n'avais jamais tué de sang-froid ou pour le plaisir.

Nous avions de grandes conversations. Je m'étais ouvert totalement à lui, tellement il m'inspirait confiance. Nous étions devenus proches malgré nos différences. Je revivais enfin, même si je n'étais toujours pas persuadé d'être encore en vie.

Alrik était vite reparti de la citadelle avec une garde rapprochée pour poursuivre le travail de notre communauté. Il avait été en affaires directement avec le roi Louis XIV. Ces vampyres avaient l'habitude de voyager pour conclure des traités pour cet éminent roi. Bien sûr, Louis XIV n'était plus, les rois s'étaient succédé. Nous étions dans la Deuxième République, les alliances entre Alrik et un groupe de hauts dignitaires français avaient perduré. Très peu connaissaient notre existence. Pourtant, ils avaient vite compris l'intérêt d'une telle alliance secrète. Alrik possédait même un hôtel particulier à Paris. J'avais hâte de pouvoir y aller. J'avais immédiatement pensé à tous les plaisirs que pouvait m'apporter la capitale. Je savais que nous ne resterions plus longtemps ici. Le devoir nous appelait ailleurs, vers d'autres contrées.

— Oublie ces frivolités, elles te déconcentrent et t'éloignent de tout éveil spirituel ! gronda Eiirin.

J'avais levé les yeux au ciel. Voilà que ce Sensei se comportait comme un père avec moi. Et je l'acceptais. J'avais un profond respect pour lui et ce qu'il faisait. Malgré nos conversations, je ne comprenais pas ce qu'était l'éveil spirituel. Ma foi vacillante m'avait appris à composer. Humain, je me confessais après mes péchés de chair. Cela me suffisait amplement. Eiirin me proposait bien autre chose, un domaine que je devais entièrement découvrir. Malheureusement, il fallait bien avouer que je ne lui enviais pas sa discipline de samouraï. Pour moi, il était un véritable ascète, se coupant de bien des plaisirs. Cette pensée l'avait beaucoup fait rire. J'en étais presque tombé par terre, lui qui souriait à peine.

Le travail acharné d'Eiirin avait fait de lui un véritable chef. Alrik avait une entière confiance en lui et le mandatait pour de nombreuses missions au nom des « du Roy », titre remis par Louis XIV lui-même. Je crois bien que nous étions une centaine de vampyres en tout, formant une organisation extrêmement forte, tirant les ficelles dans l'ombre.

Les entraînements au combat s'enchaînaient toutes les nuits. Je n'avais jamais vu quelqu'un d'aussi discipliné que ce Sensei. Lui aussi était un tortionnaire à sa façon. Ma musculature s'était développée dans la souffrance. Quelques-uns en avaient ri, me surprenant en train de masser mes épaules endolories. Eiirin m'avait simplement félicité, impassible.

Après ces quelques semaines de durs labeurs physiques, je ne déméritais plus au sabre. Je me coulais complètement dans la masse de ces combattants hors pair.

— Léonard, reste avec moi ! ordonna Eiirin pendant que les autres quittaient la cour de la citadelle.

— Oui, Sensei !

— Nous devons nous occuper de ton don maintenant !

Je restais dans l'incompréhension la plus totale. Rakoûl, Eiirin puis Alrik étaient persuadés que j'avais un grand pouvoir alors que j'étais plus que sceptique, même si j'avais constaté finalement que je faisais partie maintenant des guerriers les plus véloces et les plus forts de ce clan.

— Tu dois encore travailler, Léonard !

Eiirin était très fort pour répondre à nos pensées.

— Regarde comme je suis devenu, Sensei ! résumai-je d'un sourire enjôleur.

— On ne peut pas dire que l'humilité t'étouffe !

Son mince sourire m'indiqua qu'il avait compris la plaisanterie. Chose curieuse, jamais personne n'avait osé les boutades devant ce majestueux samouraï. Il inspirait tant de droiture et de respect, il avait tellement influencé Alrik et son clan que je crois bien que tous le prenaient pour un demi-dieu. Seulement, malgré l'acharnement des entraînements et une certaine austérité dans nos habitudes, je me sentais tellement en sécurité que ma taquinerie était revenue en force. J'étais devenu le bouffon du samouraï. Avec moi, Eiirin avait découvert la gaieté. Là aussi, j'avais failli tomber à la renverse devant un tel constat. Il ne connaissait pas une telle émotion. Miguel et Adrien me rapportaient régulièrement des anecdotes afin que je comprenne mieux l'état d'esprit de notre chef[2]. Je mettais un point d'honneur à le faire sourire, même si j'avais bien saisi qu'il fallait que je choisisse le bon moment.

Pour en revenir à mon soi-disant pouvoir, en vérité, je n'avais plus jamais creusé la question. Je me fermais le plus souvent, afin de retrouver le

---

2 Pour en apprendre davantage sur Eiirin, lire *Aux origines de* Sangs éternels – *Eiirin*. Oui, c'est le moment de publicité gratuite ; merci de m'avoir lue ʌʌ

calme dans ma tête. Encore que ces vampyres exprimaient des mélodies plutôt calmes.

— Asseyons-nous, proposa Eiirin.

Quand je le vis se mettre en seiza, je pris soudain conscience qu'il fallait que je m'y mette sérieusement si je ne voulais pas y passer mes prochaines nuits. Eiirin était un bourreau de travail. Il était capable de répéter le même enchaînement toute une nuit jusqu'à ce qu'il soit parfait. Il acquiesça pour m'encourager.

Je m'exécutai, posant mes jambes au sol, les genoux pliés et mon postérieur sur les talons. Je me mis dans le meilleur état d'esprit possible.

— Ferme les yeux, Léonard, et écoute-moi.

Je compris instinctivement ce que me suggérait Eiirin. J'écoutai sa douce symphonie. Elle m'apaisait terriblement. J'avais l'impression qu'elle me rendait même meilleur.

— Ne te laisse pas aller de la sorte ! me réprimanda-t-il.

Le sourire dans son ton m'encouragea.

— C'est mon sang que tu entends, probablement... Mets de la pression dessus !

J'écarquillai soudain les yeux, me sortant de ma bulle de sérénité. Je savais que je pouvais faire souffrir. Il était hors de question que je fasse le moindre mal à ce samouraï. Il m'avait sauvé des autres et de moi-même.

— Vas-y ! tonna-t-il.

Cette fois-ci, son ton excluait toute tergiversation. Je soupirai d'agacement et me concentrai à nouveau sur ce sang qui courait dans ses veines.

Même à l'intérieur, il était magnifique.

Je m'exécutai, mettant de la pression. Je fis comme si je voulais le tordre. J'entrevoyais déjà les changements dans sa circulation sanguine. J'accentuai la torsion en mimant avec mon poing, le fermant, le tournant sur lui-même.

J'ouvris un œil et constatai un froncement de sourcils chez Eiirin.

— Très bien ! Poursuis !

En plus de tordre, je comprimai comme si j'enfonçais un couvercle pour accentuer la pression.

Ma paupière se leva. La grimace d'Eiirin, cette fois-ci, m'alerta et je lâchai immédiatement.

— Reprends-toi, malheureux, ou je te fais décapiter !

Quel caractère ! S'il faisait la grimace, c'est qu'il avait déjà très mal, je connaissais parfaitement ce vampyre. Je ne croyais absolument pas à sa menace. Dernièrement, Alrik avait décapité un membre de notre clan quand il avait découvert que ce gredin nous avait trahis. Cet acte de punition restait tout de même très rare.

Je tordis à nouveau, accentuai encore...

Je levai encore une paupière pour m'assurer que tout se passait pour le mieux. Soudain, Eiirin crispa très fort son visage.

— Arrête ! souffla-t-il.

Il arbora un sourire magnifique dans la foulée.

— Tu peux probablement faire éclater un vampyre, Léonard !

Une larme de sang s'écoula de sa narine. Il

semblait fier de cette capacité alors que je me trouvais à nouveau démoniaque.

***

J'avais arrêté d'exercer mon don. Je savais maintenant que je pouvais changer la pression sanguine. Adrien et Miguel, avec qui j'avais beaucoup sympathisé, s'étaient proposés eux aussi à but expérimental. J'avais été très surpris de les impressionner. Je ne savais pas jusqu'où j'étais capable d'aller et franchement, je ne souhaitais pas le savoir. Je n'avais aucunement envie de donner la mort.

Cette nuit-là, je faisais une ronde nocturne autour de la citadelle avec Eiirin. Nous sortions régulièrement à cheval. Eiirin avait beau être notre maître quand Alrik n'était pas là, enfin notre Sensei, ce dernier ne voulait pas de l'autre titre, il faisait lui-même quelques rondes. Nous changions toujours d'itinéraire. Les vampyres s'approchaient rarement de notre résidence, les humains encore moins. Les premiers nous craignaient : nous formions un grand clan soudé et redoutable, les seconds nous ignoraient grâce aux quelques manipulations que nous lâchions dans le paysage afin de ne pas être dérangés.

J'entendis un drôle de bruit qui m'écarta de mon chemin. Je poussai mon cheval pour aller voir, tous sens ouverts, excepté mes oreilles qui filtraient pas mal de choses afin que mon don ne soit pas dépassé.

102

Soudain, un sifflement long et strident me fit retourner. Le gémissement d'Eiirin m'alerta immédiatement. Je le vis cloué sur un arbre. Une flèche d'arbalète géante traversait son buste pour le retenir sur le tronc. Ses pieds ne touchaient plus terre. Il avait déjà les deux mains sur le manche qui le transperçait pour tenter de le retirer.

Je me ruai sur lui pour venir à son secours. Ce carreau avait un diamètre tel qu'il aurait pu lui arracher le cœur si nos assaillants avaient tiré plus haut.

Le temps que j'arrive, deux vampyres inconnus étaient déjà devant mon Sensei. J'ouvris mes oreilles. Un énorme capharnaüm de bruits s'éleva en moi, m'indiquant que nous étions encerclés.

Une sueur froide dégoulina dans mon dos. La mort rôdait comme un linceul prêt à nous ensevelir. Non seulement je n'étais plus prêt à mourir, mais en plus il était hors de question qu'Eiirin perde la vie.

— Alors, samouraï, prêt à faire ta prière ?

Je frémis d'horreur quand je vis une longue épée meurtrière sur le point de décapiter mon nouveau maître. Je me concentrai sur cet ennemi, sur son sang pendant que l'autre riait de cette bonne blague.

Un sentiment d'urgence déferla en moi. Je cavalai jusqu'à eux en concentrant toute la pression dont j'étais capable sur celui qui brandissait l'épée. À peine arrivé, je vis ses oreilles dégouliner déjà de sang. Pourtant, sa lame se leva encore plus haut, et je forçai davantage tandis que l'autre vampyre se ruait sur moi. J'augmentai encore mon pouvoir, imaginant une explosion. Je sautai à terre. Soudain, un bruit de chair éclatée jaillit. Je me retrouvai recouvert de sang et d'autres choses.

Alors que l'autre ennemi avait posé sa main sur mon épaule, il arrêta net son geste, surpris par ce qui venait de se produire. Je rivai mes yeux dans les siens. Je devais avoir un regard de dément. Il suspendit le pieu qu'il souhaitait m'enfoncer dans le cœur. En une fraction de seconde, il s'envola. Une nuée de chauves-souris l'accompagna dans la foulée.

Nous fûmes vite entourés des nôtres pour vérifier que tout allait pour le mieux sur notre territoire et soutenir notre Sensei.

— Merci... Léo... souffla Eiirin.

Ce diminutif trouva toute sa place tellement il était empli de respect. Sa tendresse débordait. Je ne sentais plus un père et son fils, mais plutôt deux frères.

Miguel et Adrien m'aidèrent à décrocher notre Sensei sans commettre plus de dégâts.

— Il va se remettre, conclut Adrien, une fois que notre samouraï fut étendu sur le sol.

— À toi l'honneur, Léo ! ajouta Miguel, en me montrant mon poignet.

Le sang, bien sûr !

L'honneur était grand pour moi. Je faisais déjà partie de la garde rapprochée d'Eiirin, une toute nouvelle relation allait commencer.

— Je savais que tu avais un grand pouvoir, Léo !

Ces mots m'enchantèrent. Ils étaient accompagnés d'une telle lueur de fierté dans le regard d'Eiirin que je sus en cet instant que je lui serais entièrement dévoué.

Épilogue

Paris, hôtel de Lauzun, 2020

Je me dirigeais à grands pas vers le bureau de mon Sensei. Il avait fait de moi son second dans les jours suivant la disparition d'Alrik. Eiirin avait accepté d'être notre maître à tous et notre guide. Contre toute attente, mais en accord avec l'avis général, il m'avait choisi comme bras droit. Apparemment, j'étais le seul à remettre éventuellement en cause son jugement, et tous pensaient que c'était une bonne chose. Je vénérais toujours autant ce samouraï, devenu plus souriant à mon contact. Cependant, je restais celui qui posait les bonnes questions dans les décisions importantes. Les valeurs et les croyances des humains avaient changé avec le temps. Mon esprit critique, ma jeunesse ou mon époque de naissance, je ne sais pas, permettaient de mieux nous adapter.

Pourtant, j'avais beau tenter de le détendre avec quelques calembours, Eiirin était plus que soucieux en ce moment. Et pour cause, nous autres vampires[3] étions normalement immortels, et pourtant, voilà que nous mourions. Il semblait qu'une terrible maladie sévissait parmi nous.

Je toquai à sa porte, attendant son invitation. Eiirin savait que c'était moi. D'un simple murmure mental, il m'invita à pénétrer dans son antre. Il travaillait toujours avec autant d'acharnement, totalement dévoué à notre communauté de vampires et d'humains. Je fermai la porte derrière moi et me dirigeai vers son bureau. Nous avions beau être proches et amis, je respectais toujours son rang. Il restait mon chef et maître. Il m'avait redonné goût à la vie, il m'avait tant donné, je lui devais tout.

Je m'assis confortablement face à lui après son léger signe de tête m'y invitant.

— Tu vas te refaire une session d'écriture ? demandai-je.

Eiirin sourit. Son man bun était impeccable. Il portait ce magnifique chignon de samouraï comme ce jour béni où je l'avais rencontré. Combien de fois l'avais-je vu sortir son journal pour simplement le relire, se laissant emporter dans un autre espace-temps ? Je le taquinais quand il se divertissait de la sorte, sans finalement écrire le moindre mot. Ce journal semblait être une ancre qui traçait son chemin de sagesse.

— Bien sûr, sourit-il, j'y note les éléments marquants comme un fil conducteur. J'espère

---

[3] (au XXIᵉ siècle, les vampires ont perdu leur « Y », pauvres d'eux !)

ainsi poursuivre mon chemin dans la bonne direction. Tu devrais essayer, Léo !

Je travaillais comme un fou, alors je préférais sortir danser et m'acoquiner. Je ne manquais pas de maîtresses et je ne pouvais les abandonner. Je mettais même un point d'honneur à les honorer. Je respectais toujours les codes du bushido, bien sûr. Cependant, j'avais retrouvé les divertissements de mes jeunes années humaines. Et franchement, pourquoi se priver de tels bonheurs ?

Eiirin me sermonnait parfois pour mes frivolités. Néanmoins, le clan Duroy restait systématiquement ma priorité, ainsi que lui, bien sûr. Je faisais tout ce qu'il exigeait de moi.

— Lucien nous propose de nous rendre visite, annonça mon Sensei.

Ce mage noir me mettait mal à l'aise. Sorciers et vampires n'étaient pas faits pour s'entendre. Malgré tout, nous n'avions pas de piste pour guérir cette maladie mortelle de vampire. Nous étions dépassés.

— A-t-il un remède ?

— Je n'en suis pas sûr. Il semble tout de même avoir quelque chose à nous proposer. J'ai enfin accepté de le rencontrer, il arrive dans une heure...

J'acquiesçai. Nous devions trouver une solution. Après tout, peut-être passerait-elle par ce sorcier ?

Notre communauté parisienne commençait à trembler de peur. Nous avions toujours assuré son bien-être et sa sécurité. Les temps avaient

bien changé, tout comme le visage de nos enne-
mis. Ce n'étaient plus les vampires qui nous me-
naçaient, non, la cruauté humaine était sans éga-
le, ainsi que ce nouveau mal qui nous terrassait.
J'avais conversé moi-même avec Lucien à plusieurs reprises avant qu'Eiirin accepte de lui parler. Il se disait médium.

J'allais mettre tout un protocole de sécurité en
place pour cette entrevue ; après tout, nous ne
savions pas de quoi cette créature était capable.

Eiirin reprit son journal, perdu dans ses pensées.

— Bien sûr, Eiirin, je te l'amènerai !

Je laissai mon Sensei plongé dans son esprit
tourmenté. Il avait sans doute besoin d'analyser
l'histoire, son passé... C'était son moyen de garder
sa clairvoyance et de rester un grand sage. Je lui
ramènerais le mage.

**Découvrez la suite des aventures de
Léo**

dans la saga *Sangs éternels*,

ainsi que dans la nouvelle d'Eiirin.

**Disponible dans les librairies ou sur
Amazon.**

Vous avez aimé ?

1- Vous souhaitez faire découvrir cette nouvelle ? Publiez un commentaire dans les boutiques en ligne, en vous rendant, par exemple, sur ma page auteur :
http://www.amazon.fr « Florencebarnaud »

Suivez-moi sur Amazon pour être informé de mes publications.

2- Inscrivez-vous à ma newsletter pour être informé de mes publications et recevoir gratuitement les premiers chapitres de mon prochain roman :
http://www.florencebarnaud.com/

3- Retrouvez-moi…
Mon site : http://www.florencebarnaud.com/

Facebook :
https://www.facebook.com/FlorenceBarnaudRomanciere/

Instagram :
https://www.instagram.com/florence_barnaud/

par e-mail : florence.barnaud@gmail.com

Remerciements

Merci de m'avoir lue. Cette deuxième nouvelle agrandit l'univers de *Sangs éternels*. Tout comme Ismérie, j'étais nostalgique quand je repensais à cette première saga, celle avec laquelle toute mon aventure livresque a démarré. Alors, il est devenu évident que je devais vous raconter la vampirisation de mes premiers personnages. Et voici Léonard, alias Léo, ce vampire charismatique de *Sangs éternels* qui a ravi tant de cœurs.

Merci, le groupe du Chat de l'Écrivain. C'est un vrai plaisir de nous retrouver pour écrire tous les après-midi, partageant nos énergies, nos GIF. Ce groupe est un formidable compagnon de tous les jours. Merci, Caroline Vermalle, d'avoir créé cette formidable communauté.

Merci, Ingrid, de me lire à la fin de chaque chapitre. Ce premier avis est très important pour moi et un moyen sûr de savoir si j'embarque le lecteur avec moi dès les premières pages. Grâce à toi, Ingrid, je fais déjà une deuxième écriture très embellie. Tes commentaires m'enchantent et c'est un grand plaisir de les relire en phase d'embellissement.

Merci à mon comité de lecture : Aurélie, Ludivine, Samantha, Florence et Cédric. J'attends toujours vos retours avec tant d'impatience. Merci pour vos ressentis, votre honnêteté, vos partages.

Merci, Laurent, toujours fidèle dans ma relecture. Merci pour tes gribouillis, parfois en mode institutrice comme quand j'étais en primaire. Néanmoins, tes retours sont tellement importants.

Merci à toutes celles et tous ceux qui me soutiennent par leurs partages, leurs chroniques, leurs messages, leurs commentaires. Je suis toujours très touchée par votre investissement. Il est tellement important pour donner vie à mes histoires.

Et vous, lectrices, lecteurs, merci de me découvrir ou de me lire depuis le début. Vous avez un rôle à jouer. Sans vous, une histoire ne peut pas vivre. Bienvenue dans mon monde. Pour me soutenir si vous avez aimé, laissez-moi un petit commentaire dans la boutique en ligne avec plein d'étoiles. Bien à vous.

Biographie

Tel le chat, Florence Barnaud a eu plusieurs vies. Leurs empreintes cheminent dans ses histoires. Suivez la flamme qui l'anime et guide sa plume pour vous transporter vers d'autres univers, riches d'émotions, de suspense et d'humour.

De la même autrice :
Fantasy – Bit-lit – Romance paranormale
Sangs éternels, Tome 1 – La Reconnaissance
Sangs éternels, Tome 2 – L'éveil
Sangs éternels, Tome 3 – La Loi du sang
Sangs éternels, Tome 4 – La Troublante Fascination
Sangs éternels, Tome 5 – La Traque

Aux origines de Sangs éternels – Ismérie
Aux origines de Sangs éternels – Léo
Aux origines de Sangs éternels – Eiirin

Romance paranormale – Romance militaire
Combats enflammés, Tome 1 – Rendez-vous explosif
Combats enflammés, Tome 2 – Choisis ton combat
Combats enflammés, Tome 3 – Feu sacré

Fantasy – Romance paranormale – Dystopie

Nature captive, Tome 1 – Lendemain de cendres
Nature captive, Tome 2
Nature captive, Tome 3

Développement personnel

S'installer dans l'écriture (à paraître)

Table des matières

Sangs
Eternels
- TOME I -
LA RECONNAISSANCE
FLORENCE BARNAUD

Les blogs de lecture en parlent...

« Une lecture captivante que j'ai beaucoup appré-
ciée.. Un monde dans lequel humains et vampires
cohabitent mais qui n'est pas sans danger, une
héroïne attachante et une histoire étonnante. Un
excellent moment de lecture ! »
*****Et tu lis encore Emma«

Je dois avouer avoir dévoré littéralement ce roman. A peine ai-je commencé que je ne pouvais
plus m'arrêter. J'ai adoré, j'ai aimé. En fait c'est
compliqué de mettre des mots précis sur mon
sentiment. Je suis sur un petit nuage. »
*****Labibliogirly

« La couverture attire déjà les regards tant elle est magnifique. Le résumé est accrocheur et prometteur. L'auteur dépasse bien largement les promesses faites par le résumé. »
*****L'Âme des Mots

« Et bien à peine les premières lignes de lu je me suis plongé dans ce livre avec délectation. J'ai adoré l'intrigue et je me suis laissé emporter dans cette aventure au milieu de ses vampires. »
*****LES-BROUTILLES-DE-NANOU

« L'histoire est prenante, les personnages sont bien développés et j'ai aimé découvrir le passé compliqué et chargé d'émotions d'Ismérie. »
*****Les histoires de Solène

« L'histoire que j'ai découverte m'a beaucoup plu, j'ai de suite été captivé par Ismerie, cette jeune femme aux différents pouvoirs que je n'avais encore jamais rencontré dans mes précédentes lectures de ce genre de roman. »
*****LES MILLE ET UNE PAGES DE LM

« Ce que j'ai aimé particulièrement c'est d'avancer avec Ismérie et son emploi-aventure cauchemardesque. Ce premier tome m'a laisser bête et sur le cul. »
*****Mllejustinelit

« Depuis la mode Twilight, on en a vu défiler des livres sur les vampires, et il devient de plus en

plus difficile pour les auteurs du genre de tirer leur épingle du jeu. Avec cette histoire, Florence BARNAUD réussi à nous offrir une nouvelle vision du vampire. »
*****Sous Ma Plume